青少年
心灵故事

贴近心灵　开启智慧

[美]葛爱丽(Alice Gray)／编
陈柳惠容　于子佳／译

江西人民出版社

图书在版编目（CIP）数据

青少年心灵故事 /（美）葛爱丽编；陈柳惠容，于子佳译. -- 南昌：江西人民出版社，2011.1
ISBN 978-7-210-04694-3

Ⅰ．①青… Ⅱ．①葛… ②陈… ③于… Ⅲ．①故事－作品集－世界 Ⅳ．①I14

中国版本图书馆CIP数据核字（2011）第006177号

Originally published in English under the title: *Stories for a Teen's Heart* by Alice Gray. Copyright © 1999 by Multnomah Publishers, Inc. Published by Multnomah Books, an imprint of The Crown Publishing Group, a division of Random House, Inc. 12265 Oracle Boulevard, Suite 200, Colorado Springs, Colorado 80921 USA.

International rights contracted through GLINT, P. O. Box 4060, Ontario, California 91761-1003 USA.

This translation published by arrangement with Multnomah Books, an imprint of The Crown Publishing Group, a division of Random House, Inc. Simplified Chinese edition © (2011) Enoch Communications, Inc.

青少年心灵故事

（美）葛爱丽 编
陈柳惠容 于子佳 译
江西人民出版社出版发行

四川五洲彩印有限责任公司　新华书店经销
2011年3月第1版　2011年3月第1次印刷
开本：880毫米×1230毫米 1/32　印张：8.125
字数：150千
ISBN 978-7-210-04694-3　　定价：26.00元
赣版权登字—01—2011—31
版权所有　侵权必究

江西人民出版社　地址：南昌市三经路47号附1号
邮政编码：330006　传真电话：0791-6898827　电话：0791-6898893（发行部）
网址：www.jxpph.com
E-mail：jxpph@tom.com　web@jxpph.com
（赣人版图书凡属印刷、装订错误，请随时向承印厂调换）

目录

家庭

爱的牺牲 / 2
爱与时髦 / 4
给爱女的情书 / 7
情人节的惊喜 / 10
新手上路 / 12
爸爸带你坐车车 / 18
回家吧 / 20
另一种眼泪 / 23
因为 / 26
父亲的祝福 / 27

启发

超越不幸 / 32
母亲的爱 / 36
真正的得胜者 / 39
12张5元钞票 / 42
为了姐姐 / 45
无与伦比的生命力 / 46
难忘的圣诞礼物 / 48
讲故事的人 / 51
总有灿烂的笑容 / 53

目录

朋友

雨后阳光 / 56
安妮姐姐 / 58
绿眼怪兽 / 60
滑坡比赛 / 64
钻石般的友谊 / 68
友善的对手 / 71
没什么大不了的 / 75
最佳旅伴 / 80
辛辛那堤 / 84
友谊树 / 87
国王的礼物 / 90

鼓励

上帝会眷顾你的孩子 / 93
学生的恳求 / 98
他为我种下希望 / 99
捕捉彩虹 / 103
奶奶的花园 / 109
小城温情 / 113
拾起碎片 / 117
另一种胜利 / 119
爸爸的红色卡车 / 122
严厉的老师 / 125
篮筐下的爱 / 128
苏斯博士 / 131
一条蓝绶带 / 133

转变

- 一条新裙子 / 161
- 撒个小谎 / 166
- 绝不妥协 / 169
- 我们应该学会说"不" / 172
- 打个电话给我 / 174
- 垃圾小孩 / 178
- 最好的消息 / 181
- 出局 / 183
- 防笨措施 / 185
- 工具箱 / 190
- 兜风 / 192
- 雪娜哭了 / 196

快乐时光

- 热舞到黎明 / 137
- 陌生人的爱 / 143
- 驾驶课 / 148
- 梦中舞伴 / 150
- 奇妙的时刻 / 153
- 球场上的新生 / 156
- 活着 / 157
- 烛光亲情 / 158

目录

成长

小霸王 / 200

当头棒喝 / 202

良性循环 / 207

福兮祸兮 / 211

开学日 / 215

爸爸 / 217

记号 / 218

习惯 / 220

抉择 / 222

最好的朋友 / 223

信心

凯文的世界 / 227

奇异恩典 / 230

那颗子弹 / 233

鲨鱼来了 / 235

奥斯维辛的圣徒 / 239

肤色代表不了什么 / 241

并非偶然 / 244

第五堂课 / 247

本书故事原作者说明 / 251

爱 的 牺 牲

在贵族中学上学真不是一件轻松的事。每次看到那些有钱的同学开着父母的名牌跑车，炫耀着他们在名品店买来的名牌衣物，我总是忍不住又妒又羡。我知道，我不可能跟他们的富有较劲，但我尽量做到一个月里绝对不穿同一套衣服上学——那会让我跟小偷似的，无地自容。

我们家有三个孩子，家计很紧，父母不可能让我们样样赶上潮流，但我还是常常缠着他们，要求添点"行头"。妈妈总是皱着眉头问我："真的需要吗？"我也总是坚决地回答："对，我需要买些新衣服。"

妈妈就带我上街去。我一找到价格合适的衣服，便美滋滋地试穿去了，妈妈则在更衣室外耐心地等着。我记得这种"必要的购衣行动"发生过好几回，每一次妈妈都毫无怨言地陪我上街，自己则从来没有试过任何衣服，尽管有时也会朝那些时尚而漂亮的女装瞄上几眼。

有一天，我站在爸妈房间的大穿衣镜前试穿一套新衣，搔首弄姿地前看后看。就在我合计着这套衣服该配什么颜色的鞋子时，眼光不经意地扫过爸妈半开半合的衣橱。霎时，我的眼睛溢满了泪水。

衣橱里，妈妈这一边挂着三件衬衫，她一年到头就这三件换来换去，颜色早就褪得不像样了。我把衣橱再打开一些，在爸爸那一边看到了几件陈旧的工作服——啊，他们已经好几年没为自己买过衣服了，难道他们不比我更加需要那些体面的衣服吗？

那一刻，我恍如大梦初醒。看到爸妈多年来为我所做的牺牲，我强烈地感受到他们是那样地爱我——这是他们从来没有用言语表达出来的。

爱与时髦

女儿凯琳13岁时，是个活泼开朗的少女。有一天，她再三央求我给她买一条短到臀际的黑色皮裙，就像她班上许多同学穿的那种。

我看得出来，她心里知道我不会答应。可是当我说"不"时，她却表现出一副惊讶的样子。她絮絮不停地说，如果我不答应，也就成了班上唯一没有那款皮裙的人了。我又一次说"不"，然后说明我的理由。

"你错了！"她听完反驳道。

"不管是错是对，反正我已经决定了——不买。"我坚持不让步。

凯琳跺着脚走开了，可是过一会儿又回来对着我："我要再解释一次，为什么皮裙对我那么重要。因为如果我没有皮裙，我就会落单，朋友们就不喜欢我了。"

"不买就是不买。"我小声而坚定地再说一次。

她噘起嘴，委屈地哭了："还说什么你爱我呢！"

"我真的很爱你。但我还是要说——不买就是不买。"她一听，"哼"的一声，咚咚咚地跑上了楼，呼地把门关上。

即使我赢了这一回合，我还是输了这场战争——我泄气地想。然而，一个无可辩驳的声音在我心里说："坚持下去！"

那声少女惯用的"哼"又响了起来，凯琳出现在楼梯口。这回好像有火焰从她的鼻子里喷出来一样。

"你不是告诉我们说，我们有自己的权利吗？"她尖叫着。

"你有权利没错，但必须是正当的权利。"我沉着回答。

她又发起飙来，可是我把她挡了下来："凯琳，我已经决定了，我不会改变主意的。如果你再在这事上胡闹下去，妈可要重重地处罚你了。别说了，上床睡觉去吧！"

她还是有话要说的样子，可是她吞了回去，怒气冲冲地走了。

我坐在沙发上，浑身发抖，又气又恼。由于丈夫下班很晚，这时候我是唯一在家"值班"的人。几个孩子里，还从来没有人像凯琳这次这么不客气的！

我正想着这场母女的冲突总算告一段落了，那"哼"声却再一次响起，只见凯琳从楼上旋风般地跑下来。

"妈，"她宣布什么重大决定似的说，"我只是想让你明白……"

我走到楼梯口和她面对面站着。我双手叉在腰际，定定地看着她的眼睛。"别再说，"我说，"什么都不要说，转过身上床去。什么声音都不能有！"

凯琳总算回卧房去了。

几分钟之久，我失魂落魄地待在原地，心里想着我的血压不知有多高。接着我听到凯琳的门又开了，我看到哭红了鼻子和眼睛的凯琳，她穿着睡衣，头上挂满发卷，从楼上奔下来。

她对我伸出双臂："哦，妈妈，对不起！"

我一把抱住凯琳,听到她在我怀里抽抽噎噎地说:"我好怕!"

"怕什么?孩子。"我细声地问。

"我好怕你会让我赢!"她吸着鼻子说。

你怕我让你赢?我丈二和尚摸不着头脑。哦——哦——我明白了:我女儿希望我赢!我女儿希望我不再纵容她!

我做对了——凯琳简单的一句话让我得到了肯定。因为我坚持了原则,从此我的女儿也就能坚定地信任我。

给爱女的情书

7月末,一个温暖的夏日。

我觉得有些恶心、不适,于是去看医生。

"贺太太,恭喜你!你已经有10个礼拜的身孕了。"医生对我宣布。我简直不能相信我的耳朵——我的梦想终于实现了!

我的先生和我都还相当年轻,我们结婚正好满一年,我们很用心地经营我们共同的生活。现在我们快要有小宝宝了!一方面我们很兴奋,一方面难免感到惶恐不安。

带着年轻欢快的心,我决定给尚未出生的宝宝写一系列"情书",把我又期待又忐忑、并且充满爱意的情感渲泄出来。在我埋头写这些信的时候,怎么也不会想到,这些情书在多年后竟显现了那么大的力量。

1971年8月:哦,我亲爱的宝宝,你还那么小,还躺在妈妈安静的子宫里。你能感受到我对你的爱吗?你爸爸希望你的世界完美无瑕,没有仇恨,没有战争,也没有污染。再过六个月,我就能把你抱在怀里了,妈妈真有些等不及了呢。我爱你,爸爸也很爱你,只是他还感觉不到你哩。

1971年9月:我的身孕已经四个月了,妊娠反应不再那么强

烈,我已经觉得舒服很多了。我可以感觉到你在成长,我希望你一切都安好,也希望你同样舒适自在。我一直为你服维他命,吃富有营养的食品。感谢神,我早上起来已经不吐了。妈妈每时每刻都想着你喔。

1971年10月:哦,有时妈妈会不由自主地跌入情绪低潮。我常会为一些小事流泪,有时觉得很孤单,可是只要感受到你正在我的体内成长着,我就非常安慰。我可以感觉到你在动弹,还常常来个大转身,转完又不住地往外挤,每次你的动作都不一样。你每动一下,都让我感到无比喜悦。

1971年11月:我现在已经不觉得疲倦了,也不再呕吐了,感觉比以前好过多了。炎热的夏天过去了,迎面吹来凉爽的秋风,这是我最喜爱的季节。妈妈不时地感到你在动弹,你总是在妈妈肚子里拳打脚踢。知道你健康地成长,知道你充满生命力,这是多么美妙的感觉啊!上个礼拜,爸爸和妈妈在医生的诊所里听到了你的心跳哦。

1972年2月2日晚上11:06时:你终于出生了!我们给你取名叫莎莎。妈妈的阵痛持续了24小时之久,爸爸帮助我放松,帮助我保持冷静。看到你、拥抱你、迎接你,我们高兴极了!欢迎你——我们的小宝贝!我们是多么的爱你!

很快,莎莎一岁了,一步一晃地满屋子学走路;不久,莎莎会骑小木马了,也会在公园荡秋千了;又不久,我们的蓝眼珠小公主上幼儿园了;再不久,小公主长成了聪明漂亮的大女孩。日子过得真快,丈夫和我笑着说,好像昨晚还抱莎莎上床哄她睡觉的,今天一早醒来,莎莎却变成了一个亭亭玉立的少女了。

青春期的那几年，莎莎的日子并不好过。有时候我那漂亮而愤怒的小美人会跺着脚、气呼呼地说："我讨厌你！你从来没有爱过我！你一点都不在乎我、一点都不想让我快乐！"

她那尖锐的话语刺透了我的心——我到底做错了什么？

就在一次莎莎又大发脾气后，我乍然想起藏在我们卧室壁橱内那个小盒子里的情书。我取出小盒子，默默地递给莎莎，希望她能好好看看这些信。

几天以后，莎莎来到我面前，眼里噙满了泪水。

"妈，我从来不知道您是这么的爱我——甚至在我还没出生以前！"莎莎说："那时候你还不认识我，怎么就能这样爱我呢？你真的是无条件地爱着我啊！"

那个瞬间成了把我们母女紧紧地联系在一起的线，一直到今天仍然绵绵不绝。那一叠随着年月褪了色的情书像一阵春风，把女儿的怒气与反叛吹得无影无踪，它成了我们心中爱的象征。

情人节的惊喜

我十几岁时,在南加州的一家餐厅里做服务员。南加州的夜晚通常都是温暖而美丽的,但在这个二月的夜晚,冷冽的风却透过门缝渗进来,给人阵阵寒意。到了九点钟左右,喧闹的餐厅安静下来,我们也就没那么忙了。然而,这时候我却不由地自怜自艾起来。想想看嘛,情人节哪,朋友们都看电影去了,而我却必须一直忙到餐厅打烊!

所以,有人推门进来的当儿,我并没有理睬他。门外嘶吼的风声随着大门关上又沉寂下来,但有几片落叶飘了进来。我忙着再煮上一壶咖啡。突然,带位的女孩碰一碰我的手臂,低声说:"真是莫名其妙。那个白胡子客人说,如果你不去为他服务,他就不吃。"

我艰难地咽了一下口水,问:"不会是个怪老头吧?"

"你自己看吧。"她回答道。

我们小心翼翼地、透过装饰在柜台前的百叶窗,往外窥视那个坐在角落的客人。他缓缓地放下菜单,先露出一头浓密的白发,接着是白胡须下面一张笑开了的嘴。他朝着我们这边招招手。

"不是什么怪老头啦!"我大叫一声,"那是我爸爸!"

"你是说,他特地到这儿来看你工作?"带位的女孩不信地说:"真是怪事!"

我并不认为这是怪事,相反,我觉得太棒了。可是我故意不让爸爸知道我这么想。可怜的爸爸!我装作若无其事的样子,正经八百地送上汤,很专业地抄下他点的菜名。他捏了捏我的胳膊,说:"谢谢!"

可是我要你知道——我永远不会忘记那个晚上。爸爸在情人节晚上特地来餐厅看我,这对我有着重大的意义。他默默地看着我擦桌子、添咖啡,不言不语,我却彷佛听得到他说:"孩子,我来了。我支持你,我以你为荣!你做得好极了,你真是我的好女儿。我爱你!"

那是我一生中收到的最宝贵的情人节礼物。

新手上路

我开着那辆白色老爷卡车,一进学校,就瞧见珍妮——那个可爱的女生了。珍妮在乐队里吹长笛,演奏时总坐在第一排。

珍妮才14岁,她告诉我她开五挡变速的卡车有着"丰富的经验"。我暗忖,这可是天赐良机,如果让她开着"我的"卡车,在学校的停车场上绕几圈,兴许能得到这小妮子的芳心呢。

珍妮听说让她试开我的车,兴奋得脸都红了。看她那兴致勃勃的样子,我更来了劲。想到我们俩可能由此开始一段新的情感之旅,不由得为自己的花花点子沾沾自喜。

可是这办法也有两个漏洞:第一个漏洞是,"我的"卡车其实是爸爸的;其次呢,小妮子所谓的"丰富经验",只不过存在于她的想象中。事实上,她唯一的"经验",只是在某人的金龟车里小试过一下罢了。

我匆匆向她说明一下哪个踏板起什么作用之后,她就依葫芦画瓢地握紧变速杆,伸出短短的左脚,颤抖的脚尖放在离合器上。

接着,她小心翼翼地将另一只脚踩上了加油踏板。

钥匙一转动,我的老爷卡车就轰地一声吼叫起来。在我的提示下,她的左脚慢慢移开离合器,右脚则轻轻踩上油门。

我们上路啦——

卡车开动以后,她的左脚右脚都不听使唤了。她想再踩离合器,可是忘了左右脚,一脚重重地踩下去——妈呀,踩在油门上!

我坐在副驾驶座上,觉得好像骑在一匹野马上,往前猛冲。

我极力想保持冷静,朝她叫了一声"没关系"。我骗谁呀?我两手什么都抓不着,像洗衣机里一条高速旋转的湿牛仔裤。

"踩离合器,放油门!"我对着她大叫,想盖过引引擎的吼声。

"离合器在哪里?"她吼了回来。看来我是白教了。

"左边那一个!"

"什么?"她又问,"刹车呢?"

我们根本没有时间再这样吼下去,眼看车子已经开出停车场了。我正想抓住变速杆,把它移到空档时,一堵铝合金篱笆墙已经横在眼前了。

其实,我担心的不是篱笆墙,而是停在篱笆墙边的老师的车。

我还来不及把车钥匙关上,也来不及伸手操纵方向盘,就听到"嘎"地一声,是金属被轧过的声音。直挺挺、亮闪闪的铝柱子一根根被轧弯,扑到在地上。

油用完了,卡车终于停了下来——四周一片死寂。我身旁的小妮子浑身打着哆嗦,手指关节都白了,还紧紧地抓着方向盘。

"没事啦,"我终于松了一口气,胡乱安慰几句,"第一次嘛,还可以啦。"

我打开车窗检视灾情,她也急急地挨到我身边往外瞧。我简

直无法相信我眼前的一幕——我这部大卡车的保险杆离副校长那部闪亮的别克轿车不到一英尺!

慢慢地,我的心跳终于恢复了正常。我决定爽爽快快地向副校长坦承错误。我把卡车停回去,向小妮子说声谢谢,然后直接往副校长办公室走去。

我们学校——凤凰城马利谷高中——那时还是一个很大的学校,有5000多名学生,因为当时另一个高中还没建好。我们的校长只管重大事件的决策——如仲裁打架或管制枪械之类,而绰号"黑脸"的副校长则负责日常事务——比如我要向他报告的事。

我要负起完全的责任。我告诉副校长我怎样把卡车碾过篱笆墙,他一边听一边咧开嘴笑了。我觉得心里惴惴不安。

我好不容易把事件的来龙去脉交代清楚,副校长说:"告诉你该怎么办吧,打这个电话。"说着递给我一张名片,上面是一家篱笆公司的名字和电话号码。"昨天他们刚刚把那道篱笆墙围起来的。"副校长说。

我的膝盖一软,一直到那时候我才知道自己有多么幸运。要是没有那道篱笆墙的阻挡——就如同减速伞让飞机在航空母舰上停下来一样——我们早就结结实实地撞上副校长的别克车了。

副校长接着说:"把事情的经过告诉篱笆公司。这件事是在私人土地上发生的,用不着叫警察做笔录。"

吁——那一刻,我差点把副校长抱起来狂吻一番,差一点!副校长大可以给我该受的惩罚,或者更糟。但是,他却用温和的方式让我懂得如何为自己的行为负责。整个谈话过程,副校长始终冷静而平和。

我照着名片上的号码打了个电话,接电话的声音很亲切。

"是啊，我听说了。"我不知道他那么大声是因为旁边有机器声，或者他一向就是个大嗓门。"接到你的电话我有点意外。"他又大声说，"一个负责安装篱笆的工人打电话告诉我了，他说其中三根他能够扳直，至于第四根呢，可就扭得像麻花一样了。这样好了，你到我办公室来一趟，给我——10块钱就可以了。"

在前往他的办公室的路上，我不断地重复着这几个字："感谢上帝！谢谢！谢谢！"

钱是付了，可我还是得面对最困难的一关——我必须向爸爸从实招来。

我把卡车尽量往车道尽头停好，让碰坏的保险杆离屋子越远越好。爸爸回来一下车，我就赶紧跑到他面前去，好让自己掌控整个局面。

"嗨，爸爸，今天工作怎么样啊？"我尽量表现得轻松、友善。可是……也许太过友善了一些。

"还好。怎么啦？"爸爸大概从我跟跄的脚步以及过高的声调察觉出了什么——这孩子有点神情不对。

"是这样的，爸爸，你一定没想到今天在学校发生了什么事。真绝。"我笑了笑。我太紧张了，希望微笑能够让我稍稍松弛下来，也暗暗祈祷爸爸能受到我的感染，也跟着笑一笑——哪怕只是露出一点笑意也好。

我使出浑身解数，用最夸张的动作和最幽默的口气把事情的来龙去脉绘声绘色地讲一番，还包括副校听我报告时怎样从头到尾咧着嘴笑。我紧接着对爸爸说："就像你现在这样！"说完我也把嘴咧开。

爸爸叹了口气，勉强咧了咧嘴，又摇摇头，搭着我的肩说：

家庭

"走吧,看看车子撞得怎样了。"

我们朝着撞坏的卡车走去。我艰难地咽着口水。跟狼籍的篱笆墙比起来,其实车子并不算撞得太糟糕,这种老式卡车真是够坚实的。爸爸看看被撞坏的保险杆,又叹了口气,说:"你知道我在你这个年纪时,跟我老哥捅了什么篓子吗?"

突然间,我觉得口水咽得下了。挨训是不舒服的,但我现在宁愿挨训,也不要其他惩罚。我装作饶有兴趣的样子。

他说:"你伯父和我找到一辆你爷爷的旧卡车,我们决定把卡车开下山坡,停进一个仓房里,然后把它修理好,给你爷爷一个惊喜。"

真有趣,比我听过的任何说教都有意思。

"可是呢,那辆卡车开动后,我们才发现糟了,竟然没有刹车!你猜后来是什么把那辆卡车挡住的?不是你那什么篱笆墙,而是一根大柱子!"

我一不小心笑得太大声了,赶紧把嘴巴闭上。现在我已经不像刚才那样紧张了,我等着爸爸的宣判。

爸爸说:"我想如果你能把这个地方用砂纸磨一磨——第一次用粗的,再用细的磨一次——然后买点喷漆喷上,再把它磨光就成了。反正也不是什麽新车了。"

这真是备受礼遇的一天。如此糟糕的情形居然没有人吼我,一次也没有!

首先是副校长,后来是篱笆公司的负责人,现在是我爸。我几乎不能相信这一切。

我照着爸爸的指示,开始修理卡车。不多久,卡车就差不多恢复原貌了。

这一天对我是一个很棒的学习机会。我对副校长说实话、付了赔偿篱笆墙的钱、把车子修好,所有这些,对我来说,都是宝贵的一课。

这一天,我懂得应该如何以温和的方式教导犯错的年轻人。爸爸的话深深地印在我的心里,因为它融合了力量与慈祥。这股温厚的力量软化了我坚硬的外壳,让真理的种子深深地埋在我的心田。

爸爸带你坐车车

一天早上,我从亚特兰大机场的这一端赶去另一端,于是搭上机场的载客火车。火车在各个登机门前都要停一下,让旅客上下车。搭乘火车是免费的,车厢里收拾得干干净净,可也没有什么特色,一天到晚就是这样不停地把旅客送进送出,没有多少人觉得搭这种火车有什么意思。

然而,这个星期六的早晨,一阵爽朗的笑声让一切变得不同。

在第一节车箱的最前面,坐着一个年轻的男人和一个小男孩,两人脖子伸得长长的,望着车窗外的铁轨。火车在一个登机门前停下,客人下车之后,门又徐徐关上了。"火车开啦——抓紧爸爸喔!"爸爸对着儿子说。男孩约五六岁,兴奋地和他爸爸一起叫喊着。

火车上大部分乘客不是出差打扮,就是旅行装束,这对父子穿的却是家常衣衫。"看!那边!"爸爸指着远方,对着儿子叫:"看到那个开飞机的伯伯了吗?我猜他正要去开他的飞机喔。"儿子应声探头望出去,眼里充满了惊羡。

我下了车,才突然想起我本想在主航站里买东西的。反正我要乘的飞机还要一阵子才起飞,因此我决定再搭车回主航站一趟。买好东西，正准备再次搭火车回去，我又在候车厅内看到那对父子。我恍然大悟，原来他们并不是要到哪个登机门去，他们是纯粹来坐火车的。

"想回家了吗？"爸爸问儿子。

"再坐一次！"

"再坐一次？"爸爸问，虽有一丝无奈，却仍高高兴兴地问儿子，"你不累吗？"

"好好玩噢！"儿子兴奋地说。

"好吧。"爸爸说。火车的门开了，他们和我一起上了车。

有些父母家财万贯，可以带孩子到欧洲或迪尼斯乐园玩，但孩子不一定领情。有些父母买得起百万豪宅，还能给孩子建一个大游泳池、添购新车，但仍得不到孩子们的心。不管有钱没钱，不管哪一个民族，总是有些家庭有着种种不如意之处。

"爸爸，那些人要到哪儿去呀？"儿子问。

"到好多好多地方去！"爸爸回答。航站楼里所有的人不是风尘仆仆地奔向他们的目的地，就是满身疲惫地从外地回来，只有这对父子纯粹为了乐趣、为了享受彼此的陪伴来搭这班火车。

我们的国家存在许多问题，大家都在问怎么办。

也许答案很简单：父母爱孩子、陪伴孩子、把注意力放在孩子身上，并且竭尽全力地当好父母。这么做并不需要花很多钱，却是世界上最珍贵的礼物。

火车加速前进。那个爸爸指了指什么，儿子又高兴地笑开了——答案其实十分简单。

回家吧

那所小房子坐落在一条土路旁,只有一个房间,屋顶盖着红瓦,是这个名叫巴西里亚街的贫民区里最普通的建筑。室内的摆设尽管很简单,却也整洁宜人。看得出,这是一个舒适、温馨的家。玛丽亚和女儿克丽丝想尽千方百计,让灰暗的房间变得色彩明亮:一幅旧挂历,一张褪色的照片,一个木制十字架,等等。家俱也很简单:房间两边各放一张床,另有一个洗脸台、一个火炉,虽然简陋,却给坚硬的环境增加些许温暖。

女儿还在襁褓中时,玛丽亚的丈夫就去世了。这个年轻的妈妈坚决地拒绝可能的再婚机会,找了一份工作,含辛茹苦地把女儿拉扯大。15年过去了,最艰难的日子也熬过来了,虽然玛丽亚做女侍的收入不可能让她们过上奢华的日子。

如今,克丽丝长大了,也可以赚钱贴补家用了。

有人说克丽丝的独立性是从她妈妈那儿遗传的,她不想和其他女孩子一样,年纪轻轻就结婚成家,然后忙着养儿育女。这倒不是说她嫁不出去,事实上她那橄榄色的皮肤和淡褐色的眼睛,吸引了不少追求者。她笑起来时,总是把头往后一扬,让笑声盈满整个屋子,不知迷倒了多少人。她还有一种许多女孩都缺乏的特质,可以让每一个接近她的男孩觉得她像公主一般,让他们不敢轻易接近、却又时常想念着她。

她十分渴望去城里生活,她梦想着有一天能逃离这个灰扑扑的居住环境,住到城里的林荫大道去,享受那迷人的城市生活。光是听她这么说,就足以让玛丽亚大惊失色了。玛丽亚总会忙不迭地提醒她,城市生活是多么的可怕:"那里的人不认识你,工作不好找,生活很不容易。还有,你到了那里,靠什么过日子?"

玛丽亚很清楚克丽丝心里想什么、或是必须做什么以维持生活。正因如此,有一天她清晨醒来,发现克丽丝的床是空的时,她简直伤心欲绝。她马上知道应该怎么做才能找到女儿。她迅速把一些衣服丢进袋子里,搜尽家里可能找到的钱,就跑出房子。

在前往公交车站的路上,玛丽亚顺路拐进一家照相馆。摄影师带她在一个照相的小亭子里坐下,拉上布帘,给她照了一张像。焦急地等待一阵子后,她将一大叠照片塞进挎包里,迅速搭上开往里约城的汽车。

玛丽亚明白克丽丝没有其他的谋生方法,她也知道这个倔强的女儿一定不会放弃都市生活的。当骄傲被饥饿击败时,一个人也许会做出过去连想都没想过的事。明白了这一点,玛丽亚开始四处寻找她的女儿,酒吧、旅馆、夜总会,任何一个妓女出没的地方她都去了。她每到一个地方,都留下一张照片,有的贴在镜子上,有的贴在布告栏里,也有的留在街角的电话亭中。每一张照片背面,她都一丝不苟地写了几句话。

不久,玛丽亚的照片和钱都用光了,她只得一脸失望地回家去。当汽车载着她离开里约城、往小村子驶去时,马丽亚难以抑制地流出了泪水。

  几个星期以后，年轻的克丽丝从一家旅馆的楼梯上走下来。此刻，她年轻的脸上刻满了风霜，褐色的眼睛失去了往日流溢的光彩，取而代之的是痛苦与惧怕；她那爽朗的笑声消失了，往日的美梦成了梦魇。不知有多少次，她真希望能用那些她躺过的床铺换成家里的那张小床，可是故乡的小村子如今已经离她太远了，再也回不去了……

  她走到楼梯的最下一阶，突然，她的眼睛瞄到一个熟悉的影像。她仔细再看一眼——那不是妈妈的照片吗？克丽丝的眼睛灼热起来，喉头也缩紧了。她急急地穿过大厅，捧起那张照片，她看到照片背面写着的温暖的话语："女儿啊，不管你过去做了什么，不管你现在变成怎样，妈妈都不在意。回家吧，妈妈等着你！"

  那一刻，克丽丝泪流满面。

  第二天，克丽丝踏上了回家的路。

另一种眼泪

那是我高中生涯的第一年,一切都顺风顺水。我就读的学校校园大,我打心眼里喜欢这所学校,唯一的烦恼是常常迷路。

可是有一天,情况改变了。

天有不测风云,原本幸福安宁的家在一夜之间被击成碎片。我爸爸半夜里突然醒来,感到腰部一阵阵剧痛。我们急忙送他去医院,检查的结果竟然是:爸爸得了癌症。

医生告诉我们,爸爸必须立刻住院治疗!一连串的化疗下来,爸爸变得虚弱不堪。

医院离我家很远,由于我得上学,所以只能在周末才见到爸爸。我每天都做一张慰问卡给爸爸,让妈妈带到医院去,祝他早日康复。我非常想念爸爸,每天晚上都把爸爸的照片放在枕头下,让它伴着我睡觉。有时候我睡不着,就把照片贴在胸口,默默地流泪。

爸爸终于出院了,但他还得每个星期回医院两次,继续做化学治疗。他的脸色十分苍白,而且似乎一天不如一天;他的头发渐渐地掉光了,这让他显得更加苍老。

我永远忘不了那一天。我放学回来,看到爸爸戴着一顶棒球帽。他看到我,就把帽子摘下来,问我觉得他的新发型怎么样。

他的头发掉得太多了，索性全部剃光了。

我不想伤爸爸的心，就告诉爸爸，他的发型很酷；但在我的内心，我实在不忍受看到爸爸这副模样。

几个星期之后的一天，也是我永远无法忘记的一天。爸爸、妈妈和我坐在一起，爸爸流着眼泪十分严肃地告诉我：他大概不能活太久了。我无法形容那可怕的一刻——就好像一头猛兽用它尖锐的爪子把我的心撕裂一般。想到爸爸不能看到我高中毕业、不能在我结婚那天陪我走过幸福的红地毯，也不能把我的孩子抱进怀里，我的心碎了！

我被彻底击晕了，好像我身体里面的某一部分已经死了一般。我想：如果爸爸真的不在了，我要怎样活下去呢？

哥哥那时也才十几岁，他奋力地扛起"一家之主"的担子。弟弟太小了，根本不明白家里发生了什么事。可是妈妈——我全世界最好的朋友——尽其所能地鼓励我们。虽然她自己的心也碎了，但是她从来没有放弃，期盼着有一天奇迹会发生。不管她内心有多么痛，她总是极力支撑着爸爸、哥哥和我。我真不知道她是怎么做到的。我想也许只有身为母亲，才能真正明白其中的秘密吧。

几个月以后，令人振奋的事发生了。我们的祷告得到了回应——爸爸的病有起色了！他的头发开始重新生长，脸色逐渐红润起来，笑容也常常挂在他的脸上。整个世界似乎一下子明媚起来了，我们享受着上帝为我们重建的原本被压垮和撕碎的生活。

不久前，我高中毕业了。当我站在许多同学和他们的家人面前致毕业辞时，我看到坐在观众席上的爸爸、妈妈——爸爸的眼中溢满泪水。我回想到那天他也含着眼泪，告诉我他也许看不到我毕业了。但今天的眼泪和那天有着完全不同的意义——今天的眼泪是快乐的眼泪，也是爱的眼泪。

我知道，几年之后的某一天，当他挽着我的胳膊，缓缓走向红地毯那一端时，他也会再度流下这样的眼泪。

因 为

妈妈开始学大提琴时已经46岁了。她年轻的时候就想学拉大提琴了,可是一直不能如愿。一直到她的两个孩子都上了中学,她终于决定圆梦了。

我听着她从"一闪一闪亮晶晶"开始,一步一步地进展到拉那些比较有挑战性的曲子。尽管如此,我对妈妈学琴还是抱着无可无不可的态度。

可是妈妈常找我倾诉她练琴的挫折,有时她会像小孩子撒娇一样,说她真想放弃算了。我不置可否,总觉得那是她的事。

说实话,我对妈妈学琴很不理解。年纪都一大把了,学琴干嘛呢?既不需要申请就读艺术大学,也不会获得演出的机会,更不可能有机会跟伦敦交响乐团之类的演出团体合作。我真的不明白,她究竟搭错了哪根筋?

可是妈妈学琴似乎只是为了"因为"。

是为了内心的充实与进步,让妈妈如此不辞劳苦地刻苦练琴——不为什么,只为了"因为"。

父亲的祝福

记不清多少个昏暗的清晨，小小年纪的我睡眼惺忪、步履蹒跚地蹭向我家那部大卡车，一上车马上又迷迷糊糊地睡去，直到被卡车刺耳的刹车声吵醒。此时，车子已停在路易斯安那州的一片森林里了。

我记得那时我虽然还很小，甚至还不会自己穿衣服，但已经能自个儿从卡车上溜下来，跟着那个生命中最重要的人——爸爸——去打松鼠或是山鹿了。

10年前的一个清晨，我照样又和爸爸一起去树林里打猎，但这时我已经长大了，而且有了自己的家庭。这次我在外旅行了很长时间，我答应父母会顺道回一趟我小时候的家——爸爸、妈妈都还住在这个湖畔的小房子里。

那时我不知道，这并不是一个寻常的早晨——这是爸爸给我祝福的早晨。

我们爬进爸爸的卡车，发动引擎，蓦然，从录音机里传出来的音乐灌满了整个车厢——我当然十分熟悉这音乐，但会出现在爸爸的卡车里，却令我十分讶异——这是我新近录制的音乐啊！我忍不住对爸爸说："我不知道您竟也有我的录音带。爸爸，您也听这个吗？"

他的回答更令我意外:"别的不听,我只听这个。"

我环视了一下四周,没有错,这是整部卡车里唯一的一盒录音带。我楞住了。

爸爸接着说:"这是我最喜欢的音乐。"他指的是正播放着的一首歌。爸爸把音量调低,以配合清晨的气氛。

我们朝着打猎的地方开去,一路上我们只是偶尔聊几句,大多数时间都沉默着。我的思绪仍然停留在刚才发生的事情里头。虽然我和爸爸只是简单地交谈了几句,可是那些话对我而言却有着重要的意义。我端坐在车子里,眼角瞟了爸爸一眼,心里想到了深刻影响我和爸爸关系的两件事。

第一件事发生在我上大学时。我记得一直到那时,我几乎没有听过爸爸说他爱我。我知道他是爱我的,可是我却没听过他亲口对我说。爸爸不是擅长用言语表达感情的人,他知道平时不会说这种话。可是不知为什么,我那时觉得那对我很重要,我渴望爸爸主动说出这三个字。因此,那年暑假,我从大学开车回家的路上,我决定先告诉他我爱他,让他也能顺势说出来。并不是那么难嘛,就三个字而已。我这样对自己说。我向往着那激动人心的一刻——我回到家,对爸爸说"我爱你",爸爸也回应道"我爱你"。我们父子就此开始一层新关系。

但是简单的事并不一定容易办到啊!第一天我回到家,挣扎了半天,还是说不出口,只好安慰自己:"明天吧,明天我一定会说的。"接着又是明天、另一个明天。12个星期过去了,暑假就剩最后一天了,我竟然没能对爸爸说出那简单的三个字,我觉得自己真的很差劲。

要开学了,我把回学校的行李装上那部灰扑扑的小车。我告诉自己，除非我说出那三个字，要不绝不发动车子。也许对于习惯公开向父亲表达感情的人来说，我这种行为简直是可笑，但这对我却是十分严肃的事。离家的时刻到了，我的手心出汗、喉头干燥，膝盖也不听使唤地打起抖来。

整个暑假我们都处得很好。现在我又得跨过整个州回学校去，我和家人都感到依依不舍。最后，我再也等不下去了，我挨次拥抱了妈妈、弟弟和妹妹，一一和他们道了再见，然后我转过身去找爸爸。我慢慢地朝爸爸走去，直视着他的眼睛，鼓足勇气说："爸爸，我爱你！"

爸爸似笑非笑地，抬起手臂环抱着我的肩膀，说出了那句我期待已久的话："我也爱你，孩子！"当我们彼此拥抱（这也是我长大后第一次和爸爸相拥抱）时，空气中似乎迸发出1000瓦的电力——这虽然不是什么惊天动地的事情，却是改变我生命的大事。

从那时候开始，每次我和爸爸交谈，总会以"爸爸，我爱你"、"我也爱你，孩子"作结。不管我们是别后重逢，或是互道再见，也都会彼此拥抱。虽然看似一个平凡的举动，却为我们父子带来甜蜜的新关系。

那天早上我和爸爸往林子去时，心里一直地重温着这种甜美的感受。

另一件事情发生在我大学毕业后。我记得有一个学期，老师引导我们反思过去做过的对不起别人的事，以还给自己纯净的心。这对我来说是从未有过的经历——向曾经冒犯过的人道歉，并且接受这个人的饶恕。

这么做之前，我必须首先向上帝祷告，请他让我知道自己曾经冒犯过谁，然后写下一个名单。没有错，那一串名单里第一个

便是爸爸。

因此，有一天我来到爸爸面前坐下，首先向爸爸承认我对他所做的最糟糕的事，然后一件一件数到较轻微的过失。我诚恳地向爸爸认错："爸爸，您愿意原谅我吗？"

就如我所料到的，起先爸爸表现得有些尴尬，他故作轻松地说："没什么啦，孩子。"

可是我很严肃地对爸爸说："可是爸爸，我错了，您的饶恕对我很重要！"

爸爸深深地看我一眼，说："我原谅你了。"

从那一刻开始，一切都改变了。爸爸对我更加尊重，似乎看我的眼光都不同了。我并没有期望这些，但爸爸确实待我像成人一样。我知道，爸爸把我看成了他的朋友。

在那个宁静的清晨，在通往树林的路上，这些往事一一浮现在我的脑际，一直想到爸爸对我从事音乐工作的支持。

我清醒地知道，爸爸的祝福对我的意义是多么的重大。

一个星期以后，我和妻儿又回到我们所住的纳许维尔。一天，电话响起，弟弟在电话中告诉我，爸爸因心脏病突发，逝世了。霎时，我惊愕得说不出话来，只有泪水默默地流过脸颊。爸爸一向很健康，年纪也不大——才49岁。那天，是我生命中最黑暗的一天。

虽然家人和我都经历了刻骨铭心的悲伤，我还是有许多事要感谢。我和爸爸相处了30年，有好几年还如同好朋友一样。我在为人夫、为人父以后，爸爸的榜样正是我的信心和力量，他影响着我的人生，并让我的小家庭充满欢乐。

如今，爸爸虽然已经不在了，但他却给了我一个可以世代相传的无价之宝——爸爸的祝福。

超越不幸

毕业典礼在5月的一个星期六下午举行。我和400多位即将毕业的同学头戴方帽,身穿长袍,坐在户外的艳阳下,心情是那么的愉快。

这个日子我已经盼了好几个月了。在科罗拉多州立德镇的哥伦拜高中的这四年过得真快,日子被做功课、当辅导员、参加社团活动以及和朋友相聚占得满满的。今天,我们欢聚在一起,庆祝这四年来的成果——为成长而庆贺,为毕业而欢呼。

来宾们一个一个上台致词,他们有的追忆过去,有的畅想未来,我安静地听着。接着有人吹起海螺,一个海滩球在大家手中传递着,同时也传递着快乐和友谊。这不正是我期盼已久的毕业典礼吗!

接着,我朋友陶乐娜的父母亲走上讲台。他们脸上写满了骄傲,代表乐娜领取了全校第一名的毕业证书。这时我强烈地感受到,从那天至今,有多少事已经完全两样了。

1999年4月20日,我和许多人的生活被彻底改变了。

那天早上,我早早来到图书馆。整个学期都是这样,我和其他五个女孩约好在那里碰面,一起做英文作业。突然,一名女老师跑进图书馆,尖叫着:"大家赶快趴下!有人带了枪!"

一开始,我和同学们以为那是谁开的玩笑。接着我们听到楼下传来好几响砰砰的枪声,并且夹杂着尖叫声。随即,楼下又传来炸弹爆炸的声音,整个地板都震动了。我和同学们躲在桌子下,我紧靠着乐娜。我们紧紧地手握着手,浑身颤抖个不停。我默默地祷告,求神帮助我们。

"不会有事的。"就在我们紧握着彼此的手时,乐娜不断地安慰着我。

接着,我们听到那个开枪的歹徒——后来我们知道原来是两个人——走进了图书馆。他们一面胡乱地射杀图书馆里的学生,一面放肆地狂笑。我哭着把脸藏在桌子下的横木中间。我继续拼命地祷告。

接着我感到脸上一阵锐利的痛楚,子弹从我的脸颊擦过并将我推出了桌子下面。"上帝啊,救我!"我尖叫一声,正对着一名歹徒。

"你相信神吗?"其中一个问我。

我不知道应该怎么回答,但我知道我不能说谎。

"相信……"我回答。

"为什么?"开枪的人狠狠地问。

我忍着痛喃喃地说:"这是我父母亲教我的。"说完我又躲到了桌子下面。我感到浑身无力,也许是失血太多了。我真希望他们不要再纠缠我。奇迹发生了!他们转过身去,离开了图书馆。

"乐娜!"我轻轻地唤了还趴在地上的乐娜一声,"他们走了,可以起来了!"可是乐娜不作声。

"醒醒!"我又唤了一声,"他们走了。"

还是没有反应。

启 发

也许她昏过去了，我想。我想喊人来帮忙，但同学们都急慌慌地往安全出口跑去。

我全身沾满了血，我知道我伤得很重。我抓起衬衫的下摆，用力按着肚子，想把血止住。我一定得离开这儿！我积聚全身仅有的力气，跟跟跄跄地跑出图书馆，心里盼着能有人来帮助乐娜。我走到一部警车旁，看到一个警察和一些同学躲在一部车子后面。我走到车子后面的草地，就倒下了。

一个三年级的学生看到了我，尽管他自己也受了伤，他还是抓了件运动衣向我走来。

"你是四年级的同学吧？想上哪所大学？"他故意不断地问我各种问题，好让我能回答他，不致昏垂过去。

我真希望能回答他，可是当他用那件运动衣压迫肚子上的伤口时，我只能咬紧牙根。那时我真的好恨他，一点也没有想到他那样做是为了救我。

"千万不能睡着！"那个男孩子命令我。

终于有人送我到医院去了。医生想尽办法掐我、捏我，好让我保持清醒。我害怕极了，一心只想赶快看到爸爸妈妈。他们终于来了。医生告诉他们，我中了九枪，身上还有许多霰弹片造成的创伤。医生很讶异我竟然还能活着，他们说，一定是上帝拯救了我。

身上的痛楚——还有内心所受到的震撼——是难以忍受的，但我父母给了我最大的安慰。他们把报纸拿开，也不让我看电视新闻，让我不致再度受到伤害。

很多人都来看望我，来自世界各地的卡片和鲜花涌入我的病房。我深深地被他们的关怀感动，但更令我安慰的是看到我的父母、两个妹妹以及朋友们——这些一如既往地关心我的人。

四天以后，我问爸妈："乐娜怎么样了？"

他们默默无言，从他们的脸上我读出了答案。我哭了，乐娜——聪明、热心的乐娜，死在了图书馆里！

那一天，科伦拜高中失去了许多同学。乐娜以及其他12个无辜者在那两名开枪的学生打死自己之前死在他们的枪下。

我在医院动了手术，住了一个星期，但心里的创伤却难以愈合。我心里不停地问着自己：他们为什么要这么做呢？为什么无辜的人就那么死去？为什么乐娜死了，而我却活着呢？

此刻，我坐在毕业典礼的会场上，看着乐娜的家人代她领取毕业证书。我知道我的问题是不会有答案的。那天和我一起在图书馆的另外两个女孩也受了伤，我看到她们领取了毕业证书，她们的人生也展开了崭新的一页。最后，轮到我领取这张来之不易的毕业证书了。当我听到自己的名字，站起来领我的毕业证书时，忽然听到一阵热烈的掌声，原来所有的来宾都站起来为我的康复以及第二次生命而庆贺。

我知道，受伤那天我也失去了很多，但也只是那一天。在科伦邦高中我仍保留着许多美好的回忆。尽管很不容易，我仍然很高兴我能在学期结束前回到学校。这是最好的补偿方式——留下生命中最美好的回忆。

不久我就要上大学了，接着我会成为一名教师，一名心理辅导老师。我不明白为什么那两个学生要开枪，但我相信所以能够侥幸存活，冥冥中一定是有原因的。我相信善良定能战胜邪恶。我现在要全身心投入我所能做的事情，我决定尽力去帮助别人。我不能忘记，但我要改变。有一天我可以走进学生的心里，并且帮助他们。也许，我能在某些人的生命中留下深深地印记。

母亲的爱

我是一名消防员,在纽约市消防队工作。外出执行任务时,我常常遇到一些让人揪心的事。比如,当我看到别人的房子或店铺被大火吞没时,我的心就成了一地碎毛。

然而,看到阿红的那天却与往常不同,那是生命和爱战胜一切的一天。

事情发生在一个星期五。我们清晨接到火警报告,说布鲁克林一家修车行着火了。到了火场,准备灭火设施时,我听到一声猫叫。我告诉自己,大火扑灭后,一定得设法找到那只猫。

火势不小,我们调动了好几家云梯公司。有人告诉我,火场里的人全都逃出来了。上帝保佑!每一个人都希望如此。整个修车场已经成了一片火海,这时候再想救人是完全不可能的。我们一大群消防员花了好几个小时,才好不容易把火势控制住。

我终于有时间喘一口气,去搜寻猫叫的来源了。房子里外还是浓烟弥漫,温度也高得烫人。这时候我依然能听见它微弱的叫声,似乎是从离车库不远的车道传来的。我摸索着走近一些,隐约看到三只缩成一团的猫崽在号叫。接着我又找到了另外两只,一只在街上,另一只在街的另一边。从它们那被烧得焦黑的毛看来,这几只猫原本必定是在屋子里。我叫人找来一只箱子,把五只猫抱进箱子里，暂时寄放在邻家的走廊上。接着我开始寻找母猫的下落。母猫显然已在高温和浓烟中进出屋子好几次，把小猫一只一只衔出来——真是难以想像！接着它又打算将小猫一一地衔到对街去，可是没能完成。它现在怎么样了？

一个警察告诉我，他在不远处的街边看到一只猫。我兴奋地跑去，果然看到了它——它正躺在那里哀嚎着，全身烧得一团焦：眼睛已经张不开了，两只前脚也都烧黑了，全身的毛没有一处是完好的，有些地方还露出烧伤的皮肤。我慢慢地走近它，尽量用温和的声音对它说话。当我轻轻地把它抱起来时，它痛得大叫，却没有挣扎。可怜的猫，全身散发出烧焦的气味。它虚弱地望我一眼，随即无助地躺在我的臂弯里。我感受到它对我的信任，不禁喉头一紧，眼泪也不听使唤地淌下来。我下定决心，一定要救活这个勇敢的小东西，还有它的孩子！一点没错，此刻它们的生命掌握在我的手里。

我把母猫轻轻放进装着小猫的箱子里。可怜的母猫，自己已经伤得动弹不得了，还用鼻子挨个去轻抚它的孩子，确定每一只都在，而且都安好它才稍稍放心了。

显然，这几只猫都需要马上治疗。我想到长岛有一家特别的动物养护中心——北岸动物协会。11年前，我曾送过一只烧伤的狗到那儿救治。如果有人能救这几只猫，除了他们还能有谁？

我立即打电话预告他们，我要送几只严重烧伤的猫过去。我来不及换下那身烟熏火燎的救生衣，就开着卡车飞快地赶往那儿。

车子一驶进车道，就看到几名兽医和技术人员在那儿等着我了。他们飞快地把猫送进治疗室。我心中暗暗祈祷，我不能确定几只猫是否能够存活下来。尽管如此，我却没有任何理由就此离开。

等了许久，兽医出来了。他告诉我说，他们会整夜观察这几只猫，但对母猫是否活得下来并不乐观。

第二天，我又来到养护中心，左等右等，就在几乎要放弃的那一刻，兽医终于现身了。他们告诉我一个好消息——小猫们得救了！

"母猫呢？"我急切地问，却又害怕听到答案。兽医告诉我，现在说什么都还太早。

接下来的几天，我天天都去养护中心，但得到的消息都一样：他们还不确定。

大约一个星期后，我再次来到养护中心时，心中有这样一个想法：母猫是否活得下来，现在应该能确定了。它还能在生与死之间徘徊多久呢？

我走进大门，一眼便瞧见兽医笑眯眯地迎过来，并且竖起两个大姆指：母猫不但能活下来，而且过一阵子眼睛也能复明了！

太好了！我一个劲地感谢兽医们。

既然活下来了，既然获得了第二次生命，它得有一个全新的名字。一个技术员建议给它取名叫阿红，因为它的一大片皮肤都烧成红色的了。

我知道阿红是为了救它的孩子而遭受了这一切。看到它和它的孩子再次相聚时，我的心都快熔化了。你知道这时候猫妈妈做的第一件事是什么吗？依旧是用它的鼻子——清点小猫咪！它一只一只地点着，鼻子对着鼻子，直到确定它们都好好的待在自己身边。

在灾难面前，它一点也不吝惜自己的生命——不只是一次，而是五次！但它的付出是值得的——它的孩子都活下来了。

身为一个消防员，我每天都会看到英雄式的行为，但阿红的表现可以说是英雄行为的极致——唯有母爱，才能迸发如此大的勇气！

真正的得胜者

"真不可思议!"我一面弯下身去按摩抽筋的腿,一面想。我参加游泳队才半年,就得游500米!在看似漫无边际的游泳池里游上25个来回,想想该有多恐怖啊!

每次上体育课,不管什么做运动,总是到最后才有人想到找我。每次向老师报告体能测验成绩时,我也总是支吾其词,而不是骄傲地宣布!

在比赛季开始时,教练开玩笑地叫我"溺水鬼"(我猜这应是昵称吧),并且和助理教练打赌,看我能在游泳队待多久。他们以为我熬不了两天一定会灰溜溜地滚蛋,但出乎他们的意料,我竟待了下来。这会儿,我将要开始有生以来最艰难的游泳比赛!

我根本不敢祈求自己能赢。我怎么获得这次比赛机会的?对了,是因为一个高年级的队员肩膀受了伤,所以当教练问我"要不要游500米"时,我激动得不假思索,用颤抖的声音说"好!"或者我的潜意识里是为了证明,尽管我的个子瘦小,可我不是弱不禁风的林黛玉;又或者是为了让教练增加对我的信心吧。

"反正我是答应了!"我一边调整护目镜,一边大声地对自己说。我旁边的女孩诧异地抬起头,不解地看着我,这让我的脸

颊一阵燥热。突然,现场广播里传来令我激动又我害怕的声音:"女子组500米自由泳,请参赛选手做好准备!"

"比赛终于要开始了!"站在起跳板前,我脸朝下对着一片湛蓝的池水,喃喃自语。

"各就位——"发令员大声喊。

"拼了!"我弯下身去,手指和脚趾贴紧起跳板的边缘弯曲起来。我一面等着比赛开始的哨音,一面专注地倾听我那越来越快的心跳声。

"嘀——"哨音划破了寂静。我一跃而下,但还是比其他选手慢了半拍。

冰冷的池水几乎使我透不过气来,我赶紧从水里探出头,开始往前游。每划一次水,信心就增加一分。我专心数着"划——二——三——四,换气;划——二——三——四……"渐渐地,我的身体已经适应比赛了,我找到比赛该有的节奏了。

第一个来回,每个选手都奋力往前游,所以彼此的距离都不大。过了不久,游得快的就一马当先,我也就远远地落在后头了。接下来我就干脆不管其他选手怎样了,我看到的只是前方的池壁,还有那冷酷的记分牌。我知道自己只游了九个来回,可是我觉得我已经游了好几千趟了。别担心,你一定能做到!——我鼓舞着自己,铆足劲地向前游。接下来有一阵子,我的身体如充了电一样,冲劲十足。我越游越有力,每转一次身,我都暗暗地给自己鼓劲。

到了第13个来回,我感觉很好——简直是太棒了!我告诉自己:我以你为荣!我感觉自己所向披靡,好像没有什么事能难倒自己。我觉得自己好像在穿越英吉利海峡——不,不只是英吉利海峡，好像是大西洋呢！

突然地，我觉得我再也游不下去了，痛苦和焦灼取代了我的幻想。我的腿开始发疼，肺部好像要爆炸一般，我的节奏也乱了。我一心只想赶快离开这个游泳池，永远不要回来。放弃吧！我告诉自己，好像挣扎在淤泥一样的池子里。想想看，爬出泳池，去冲个热水澡，该有多痛快！

"不！"我赶紧把这个念头赶走。中途放弃比赛该是多大的耻辱，你不是那种半途而废的人！决心在我的心里筑起一道坚固的墙。即使溺死了，我也要游到终点！

我重新找到了比赛该有的节奏，逼迫着自己的身体继续往前游。在我游到第15个来回时，我听到一声哨音，那是发令员告诉选手们，领先的选手只剩最后两个来回了。我停止胡思乱想，一个劲地往前游。终于，我眼前的记分牌不再显示任何数字，只有橘红色的霓虹灯，它在说只剩最后一个来回了。我最后一次转过身，往终点游去。当我最终看到池壁时，感到似乎有一个慈爱的天使把我抱了起来。我奋力伸出手去，用最后一丝力量触到了终点的触钮。

我挣扎着往池边的椅子走去。我拾起毛巾，心不在焉地擦了一下身子，随即在椅子上瘫成一团。我喘着气，满身的疲惫被骄傲与光荣取代了。

我听到教练向获得第一名的队员祝贺，心里默默想着：教练您错了，您该祝贺的不是她。她不久还会参加州赛、甚至全国比赛，到那时，她还会以她的力量与才能征服观众。您该祝贺的是我，这一次是属于我的胜利，另一种胜利——我克服了自己的疼痛、软弱以及人们对我的怀疑，我终于战胜了自己！

12张5元钞票

13岁的大缅有他自己的不幸——身体有疾病,家庭环境也很艰难。

他每天上学总是穿着一条肥大的黑长裤,一件从上扣到下的白衬衫,还打着一条领带,和其他同学显得格格不入。

他在学校几乎没什么朋友,功课也读得很吃力。看起来,大缅注定属于淹没在人海里的人。

然而事实却证明,大缅不但没有被淹没,反而成了一位英雄。

这事还得从头说起。

大缅的体育老师李杰夫和他的妻子丽丝刚刚接到一个不幸的消息:他们的第四个孩子——六个月大的迈克——被诊断患有血癌,必须接受骨髓移植,这样才能挽救他那幼小的生命。

更糟的是,由于李杰夫老师工作不久,保险公司拒绝给付用于给迈克骨髓移植的17.5万元。

幸运的是,医生告诉李杰夫,他们六岁的女儿爱蜜的骨髓是最理想的配对。然而,那一笔巨额手术费就像一座高山,横亘李杰夫的面前,而他和他的家人才刚刚吃力地爬上一道小山坡。

迈克的时间越来越紧迫了——除非立即接受骨髓移植手术,

否则他只能静静地等待死亡。

李杰夫的小儿子快死了，他却束手无策，所能做的只有不停地祷告，祈求上帝的眷顾。在祷告的时候，他感到平安环绕着他，他知道神在掌管着这件事。

李杰夫是大缅最喜爱的一个老师。看到老师处在困难之中无能为力，他没有办法袖手旁观。这一天，他来到银行，把他从小到现在所有的储蓄——60块钱——全部取了出来，然后来到李杰夫的办公室交给他。

"李老师，"大缅对李杰夫说："你是我最尊敬的老师，是我们大家的朋友，你有困难，我一定要出一份力。"说着，大缅把12张5元钞票交给李杰夫，李杰夫惊讶得说不出话来，随即又感动得紧紧地抱住大缅。

不久，李杰夫平静下来，他去办公室找到校长。校长听说这件事后，和李杰夫一起决定，成立"李迈克基金会"，并将大缅捐出的60元钱作为"李迈克基金"的第一笔款子。

很快，大缅的事迹在同学们之中传开了，大家纷纷以大缅为榜样，为迈克的手术筹钱。他们有的写信，有的打电话，有的举办摸彩，有的设置乐捐箱，并且把迈克的事透露给新闻媒体。一个名叫约翰的九年级学生利用课余时间一家一家敲开邻居的门，请求他们慷慨解囊。这件事不仅成了佳美中学的募款活动，也成了这些年轻孩子们的"爱心出击"。

在大缅捐出储蓄之后不久，各方捐款纷纷到来。有捐一元的，也有高达一万元的。一个负债3万5千元并且刚刚失业的人也捐了10块钱，还有一个在监狱里服刑的人也捐了25元。一个二年级的小朋友把他储钱罐里的钱全部捐了出来，另一个八年级的学

生也从存款中提了300元出来捐给基金会。

捐款继续如潮水般涌来,一个星期之内,捐款数便到达16000多元;捐款还是不断地涌入,不到一个月,达到22万元,大大地超过了迈克手术所需的花费。

那个夏天,迈克先是忍受了12天的化学治疗和放射治疗,接着便接受骨髓移植手术,这对迈克和他的家人都是极其艰难的考验。不过,他们总算挺过来了,手术非常成功!

在迈克一岁生日那天,他们得到了一个好消息——迈克的白血球已经达到了应有的数目;四年后,迈克的癌症开始减缓,他的身体也恢复到可以参加小朋友的球队了,他还盼望着成为一名出色的运动员。正是因为大缅的慷慨与热心,迈克的梦想才有机会去实现。

后来,"迈克基金会"发展成为"麻雀基金会",一个让学校、教会及青少年团体的成员都有机会帮助那些在医疗上需要救助的孩子的非营利组织,而这是由一个慷慨、热心的少年开始的。

也许大缅没有多少金钱可以付出,但他付出的却是全部的热情和爱。

爱——改变了一切!

为了姐姐

这是一个小男孩的故事。

小钟尼的姐姐得了重病,需要马上换血。医生说,唯一能帮助他姐姐活下来的途径,就是换上克服过这种病的人的血。巧的是,这种病小钟尼两年前也患过,而且痊愈了。由于小钟尼和姐姐的血型一样,因此他是最合适的人选。

"你愿意把你的血给姐姐吗?"医生亲切地问他。

小钟尼犹豫了一下,他的下唇开始发抖。不久,他绽开了微笑,说:"好,就给姐姐。"

很快地,两个小朋友都被推进了手术室。姐姐玛莉显得苍白虚弱,而钟尼则健康强壮。他们两人都没说话,但是当四只眼睛相遇时,钟尼咧开嘴对姐姐笑了笑。

护士把针扎进了钟尼的肌肤,钟尼的微笑渐渐消失了。他注视着他的血流经输液管进入姐姐的体内。

手术终于快要结束了,钟尼稍带颤抖的嗓音打破了寂静。

"大夫,我什么时候会死?"

这一刻,医生才明白,为什么钟尼答应把血给姐姐时嘴唇会发抖——他以为把血给姐姐就是把生命给姐姐的意思。

在点头答应的那一刻,小钟尼做了一个多么无私、多么伟大的决定啊!

无与伦比的生命力

伟斯是朋友们公认的最有"气魄"的孩子。也有人把这种特质叫作"大丈夫气概"或是"胜者豪情",总之就是成功的必要条件。《圣经》则将此称为"坚忍到底"。

伟斯确实具有这种优秀品质。他的故事若拍成电影,肯定可以获得上佳的票房;若是写成小说呢,也绝对可以成为畅销书。因为这是一个真实而感人的故事。

伟斯一岁半时,医生诊断出他患了先天性糖尿病。接下来的治疗是痛苦而漫长的,每天打一针胰岛素,胰岛素不平衡所引起的抽筋更是让人难以忍受。

就这样,厄运还揪住他不放。伟斯两岁半时,医生又无奈地告诉他的父母,伟斯得了一种并发症——癫痫。这两种先天性的疾病很快便相互干扰,攻击着伟斯年幼而脆弱的生命。

伟斯在医院里住了六个月,几乎每分钟都要发作一次。他必须长期戴着类似曲棍球员的安全帽,以保护他的头部。医生告诉他的父母:伟斯不可能长大,他必须长期接受监视,而且脑部可能会留下永久性的残疾。

医生说得没错,问题是他们没有仔细体察伟斯的心。疾病让伟斯的心变得比成年人更强大,也让他的人生变得更加不平凡。

正是这种强大让病魔也不得不屈服，伟斯开始了他全新的生活。

六年级的时候，伟斯开始学习拳击。每当伟斯想起打拳的时光时，他总会微笑着说："那是个挑战。我喜欢独自走进拳击场，我从来没有想过要把对手打败，我只是想要赢。"伟思真的常常赢。他最后打到了州赛，并且获得了全州第二名的好成绩。

伟斯现在上了高中，又开始打橄榄球了。糖尿病和癫痫症并没有完全离开他，可是他不在乎。他只有一米六七高，120磅重。猜猜看他打哪个位置？——错了，他打的是内线员！他经常要面对200磅重的对手，其实他早已习惯面对巨大的障碍了。

你还想知道更多吗？告诉你吧，他还是个很搞笑的家伙。

"我喜欢看到别人开怀大笑。"他说。

疾病还是纠缠着他。有人问他为什么从不灰心，伟斯谦逊地说："我只是一直往前走，我不喜欢呆呆地坐在原地。如果你想让自己高兴起来，就一定做得到的。没错，我是有病，但我还是应该享受生命，并且尽量让人生过得更好。"

今年夏天他参加了美国最快、最激烈的划水活动，谁知道他的下一项活动又会是什么？

"我相信上帝爱我，"伟斯接着说，"他是值得信赖的，他总是扶持着我——他是我最好的朋友。"

我明白为什么伟斯是个大赢家——他总是比别人更加乐观、更加顽强，他拥有无与伦比的的生命力！

难忘的圣诞礼物

他在20年前进入我的生命。

那年我教五年级。第一次看到他时，他站在教室门口。他的运动鞋比他的脚至少要大三号，格子裤的膝盖破了个大洞。

但以理——我们都这样叫他，可他说这并不是他真正的名字。这是一个坐落于湖滨的安静村庄，一向以丰富的遗产、白色的宅院闻名，连门口的邮箱都是黄铜铸成的。我工作的小学就位于这个村庄的边上。这一天，但以理就是用这种不受人注意的方式来到这所小学。

但以理告诉我，他以前在邻县的一所学校就读。他说："我们家是采水果的。"一点也不觉得有什么难为情。

我猜这个友善的、脸上时常挂着微笑的移民小孩并不知道——那时的他，就像《圣经》中的但以理一样，被丢到狮子洞里——一个挤满了有钱小孩的狮子洞，这些孩子根本没见过破了一个大洞的裤子。要是学校里有人对他的装束嗤之以鼻，那也是正常的事情。

就这样，25双好奇的眼睛瞅着但以理，一直到那天下午的垒球赛。

但以理一上场，就打了一个漂亮的全垒打。同学们开始对这个穷孩子刮目相看。

接下来轮到查理。查理对运动一窍不通，而且是五年级学生中最胖的。在第二个好球之后，班上的同学纷纷喝倒彩，这时但以理悄悄走到查理背后，对他说："别管他们，加油吧，你一定做得到的！"

查理受到了鼓励，微笑了一下，打起精神，不顾一切地把球打了出去。

就在这一刻，但以理不经意地打破了班上惯有的"社会秩序"，他开始改变了一些事情，也改变了我们。

到了学期末，但以理几乎成了大伙的小英雄。他教给我们各种各样的本领——怎样逗火鸡、怎样判断水果是否已经成熟、如何对待别人——尤其是查理这样的人。但以理从来不直呼我们的名字，总是称我"老师"，称学生们"同学"。

圣诞假期的前一天，学生们通常都会带礼物来送给老师，这已经是约定俗成的仪式了——高高兴兴地打开漂亮的礼盒、检视那些昂贵的香水、围巾或是皮包，并且向学生们一一致谢。

那天下午，但以理走到我的办公桌前，在我的耳边说一句："我们家的打包箱昨天晚上到了，明天我们就要搬走了。"

听到这个消息，我的心像被什么东西击中一样，眼睛立刻有些潮湿。他一五一十地告诉我他们搬家的经过，用来填补这段沉默。当我情绪稍稍稳定下来后，他掏出一个灰色的小石头，慎重而优雅地放在我的桌上。

这真是一个特别的礼物，但我实在太习惯香水、丝巾这一类东西了，对收到石头做的礼物一点心理准备也没有。但以理却认真地告诉我："这是送给你的礼物，我特地把它磨得又光又

亮。"

我永远不会忘记那一刻。

许多年过去了,每一年的圣诞节,我的女儿都会要求我讲这个故事。她总会拾起我书桌上那颗磨得又光又亮的小石头,然后蜷缩在我的膝上。

这个故事的起头几句话总是这样:"我最后一次看到但以理那天,他给我这颗石头做礼物,告诉我他要搬家了。那已经是很久以前的事了,那时你还没出生哩。"

"现在他已经是个大人了。"我总是这样为故事结尾。我们也会一起猜想他现在在哪里、在做什么。

我女儿总会说:"他现在一定是个好人。"接着加上一句:"妈,现在告诉我故事的结尾吧。"

我知道她想听什么——一个老师从一个穷孩子身上学到的对人的爱心与关心。那是一个四处为家的小男孩。

我轻轻摩娑着小石头,静静地回想着。

我在心里轻轻地说:"但以理同学,我是你的老师,我祝愿你不需要再带着箱子四处流浪。不管你在哪里,老师祝你圣诞快乐!"

讲故事的人

在我出生前的头几个月，我父亲在我家居住的田纳西小镇上遇见一个陌生人。一开始，父亲与这个人十分投缘，热情地邀请他住在我们家里。这个陌生人很快被我们全家接纳，并在几个月后和我得家人一起迎来了我的出生。

我渐渐长大了，但我从来未问过这个人在我家算什么角色？在我的心目中，每个家庭成员都有他独特的位置。我的哥哥比尔大我五岁，他是我的榜样；弗兰是我的妹妹，给了我当哥哥的机会，我可以在不高兴的时候小小欺负她一下；而我的父母则夫唱妇随，母亲叫我热爱《圣经》，父亲教我如何顺服上帝。

那个住在我家的陌生人经常给我们讲故事，他能够把传说、故事、神话编织在一起。我们的日常谈话中也充满幽默和快乐，他能让全家人都入迷地听上好几个小时。

如果我想了解政治、历史和自然科学方面的知识，就去请教他，他似乎无所不知。他熟知过去，了解现在，甚至可以预测未来。他描绘的一幅幅图景栩栩如生，如同真的看到一样，让人无比向往。

他是我们全家人的朋友，他带爸爸、比尔还有我去看我们人生中第一次棒球联赛；他总是鼓励我们去看电影，甚至还还细心

地给我们做好安排；他介绍我们认识了好几个电影明星，其中约翰·韦恩留给我们的印象尤其深刻。

这个陌生人是个话匣子，一打开就滔滔不绝。对此，父亲似乎不太介意，但有时母亲会让我们到她那里去读《圣经》、做祷告，而我们还沉浸在那些动听的故事中。我怀疑母亲在默默祈祷，求神让这个陌生人离开。我的父母亲用道德信念在管理这个家，但陌生人并不觉得自己有义务尊重它们。例如，我们家不允许说脏话，不仅在家里，对朋友、亲戚、客人也如此，因此，那些常常挂在别人嘴边的词语会让我耳根发热，父亲更是全身不适。而据我所知，这个陌生人并不排斥使用某个词语。还有，父亲不允许酒出现在家里，甚至做菜时用都不行。但陌生人觉得我们需要燃烧，需要被其他生活方式点亮，因此经常给我们提供啤酒或其他酒精饮料。

他吸烟的样子让人觉得香烟真的很香，他的雪茄很有男人味，他的烟斗别有特色。他的话题自由开放，甚至经常谈到性。他的评论大胆直接，充满性暗示，有时让人尴尬不已。我深知，我早期对男女关系的概念是受这个陌生人影响的。

回头看来，是上帝的恩典才使得我们未受那个陌生人更多的影响。他一次又一次反对我父母的价值观，却极少被训斥，更别说被请走了。

从陌生人搬进这个公路边的家庭到现在，已经30多年过去了。对我们来说，陌生人已经不再像原先那样具有吸引力，但你仍可以看到他端坐在那里，等着有人去听他讲话，看他画画。

他的名字？

我们通常把他叫做"电视"。

总有灿烂的笑容

有时候,你会从那些平时最不起眼的人身上学到很多很多。

我的弟弟吉米今年只有12岁,他的精神和身体都有残疾,出生之前的一次中风导致他的身体和脑神经部分受损。但是,即使遭受了这些看上去都不应该发生在他身上的厄运,吉米仍然拥有自己纯洁的心灵。每当我们在公共场合出现的时候,总会有人远远地对我们指指点点。我们不敢走近他们,我们害怕那些怪异而鄙夷的目光。

我曾见过一些四五岁的孩子对着吉米吐舌头、扮鬼脸,在他们眼中,吉米好像不属于人类。但是吉米从未因此生气,他从没有产生过要去报复他们的想法。相反,他总是张着大嘴灿烂地笑着。

他的笑容有一种纯净的美,先是那棕色的大眼睛变得明亮起来,之后他的嘴角渐渐地向后伸展,他的笑容就这样开始绽放了,他雪白的小牙齿也随之从嘴唇之后露出来,闪耀出光辉,如同太阳的光芒刺透乌云一般。

有人说,他们为吉米的遭遇感到遗憾,因为吉米丧失了"正常"的功能。但是你也许不知道,在某种程度上,我甚至盼望世界上所有的人都能像我弟弟一样,因为无论别人如何看待他,他

总能以微笑面对。

现在如果有人冒犯我,或者报以嘲笑,我也总是用一个灿烂的笑容回应他,因为我从我弟弟身上学到了一点:快乐并不在于你的智力发育得怎样,或是你脚趾的数目是否完整,而在于你内心的健康和脸上的笑容。

雨后阳光

车里一片寂静,几乎令人窒息。我什么话都说不出来,车上其他人想必也一样。

这一趟路并不远,却是那么的难捱。偶尔我们互望一眼,勉强挤出一丝微笑。但我们心里都明白,这微笑仍然透着紧张,失去了一向的轻松、温暖。

我不知道她在想什么,但我知道一路上我的脑海里盈满了回忆。我想起我第一天上学时,就像脸上刻着"新生"二字,站在聚光灯下一样,这让我十分不安。就在我手脚都不知该往哪儿搁时,她走过来,拉起我的手,轻轻地说:"走吧,我带你去教室。"

接着,我想到六年级那年,在一场篮球赛中,我罚球不进,害得我的球队吃了败仗。在那之前,我们的对手只赢我们一分,就在裁判即将吹响终场哨音时,我得到两次罚球机会,但是我投出的两个球全都偏出了篮筐——对手赢得了比赛。我对自己十分生气,也对队友们非常抱歉。我觉得对不起全世界的人!我坐在观众席的长椅上,把头埋在两手之间。突然间,我感觉到她的手搭在我的肩上,顿时一股暖流充满我的全身。当我抬起脸望着她时,她看到了我脸上的沮丧,她的双眼也噙满了泪水。她紧紧地抱着我,告诉我上回的曲棍球赛中,她如何一棍把自己打昏过去的糗事。我们俩都笑了，尽管脸上还挂着泪水。

　　我和第一个男朋友分手时，也是她陪着我度过那些暗淡无光的日子。还记得那一天，当我放下电话时，我的心整个被掏空了，泪水不受控制地涌出眼眶，淌过我的脸颊。一转身，我看到她在那儿等着，我投入她张开的双臂中，紧紧地抱住她，好像全世界只剩下她一样。

　　当我从一连串的回忆中回到现实，突然察觉到我们的车子快到目的地了。只剩下一个小时了。她开始不安地用手指卷着头发——每次她紧张时，总是用手指在头发上卷啊卷的。从我坐着的车后座，我可以看到一行泪从她的眼角滑落下来。那行眼泪随着旅程的进行，终于流过了她的脸颊。

　　当汽车驶进宽敞的校园时，原先下着的大雨忽然停了。我们找到我的宿舍，把箱子打开、整理好东西，接着我们来到车门边——该是说再见的时候了。可是我做不到——我没有办法说再见。我注视着她，她也注视着我，两人的眼泪簌簌地流下来。我们紧紧地拥抱了好一阵，又彼此在脸颊上亲了一下，这就是我们的道别了。

　　我迅速地钻进车里，扣上安全带。

　　她站在路边，目送着我们的车开走。我从车子的后视镜里看到那个依依不舍的身影——她得留在这所大学里了，不和我同车回家了。我的眼光一直停留在她的身上，直到车子转了个弯，再也看不到她了为止。

　　我抬起头来望着天空，在雨后的残云中我看到了一缕阳光。我的心情慢慢地平静了下来。

　　再见了，亲爱的姐姐——我永远的朋友！

安妮姐姐

10岁时,我有许多朋友。但是现在回想起来,最好的朋友竟是自己以前并没有把她当作朋友的那位——我只是把安妮当作邻家的一个大姐姐罢了。

一开始,我对安妮并没有很深的认识。她比我大四岁,在城里的艺术学校读书。每天下午,我和弟弟凯文在院子里玩耍,总会看到安妮从火车站走回家。她提着画箱,金黄的头发在风中飘扬,脸上洋溢着灿烂而友善的笑容。有时我会迎上前去问声好,打个招呼。她脸上的雀斑使她的脸更显俏丽,这也是我所羡慕的。安妮是我所认识的人中唯一长雀斑的。我希望自己也长雀斑,并且比现在大几岁,那我就可以和她一起上学了。

到了周末,安妮会设计一些游戏让我和凯文玩。我们会玩寻宝的游戏,并且将安妮给我们讲的故事编成戏演出来。她讲的故事生动极了,我们可以好几个小时都围在她身边,听得津津有味。我对安妮很敬佩,其中最佩服的要算是她的想象力了。

当我和凯文惹了祸,被关在房间里时,我们就会从窗口遥望对街的安妮的家。我们会呆呆地盯着她家的窗口,盼望她出现在那儿。如果她在那儿,我们就会用她教给我们的摩尔斯密码和她通讯。

暑假里，我们总有做不完的事。她会教我们画画，教我们制作石头人。她会讲一些剧情有趣、角色也很好玩的故事，让我们去扮演。在那段时间里，我和凯文分别扮演过间谍、侦探，当然还有其他各色各样的人物。

有一天，我坐在走廊外头。那天是我的生日，可是我的心情糟透了。突然，安妮出现了，她递给我一张生日卡，还有一张我的画像，是她亲手画的哩！我到现在还是猜不透安妮怎么知道那天是我生日的，可是我心里真的好高兴。

现在我已经17岁，安妮也21岁了。我只能偶尔看到她那温暖的笑容，那与我七年前看到的一模一样的笑容，灿烂而友善。

现在我也上了高中，当我从火车站回家时，我总会看到艾力——邻家的小男孩看着我。当我对他微笑时，他会过来问我想不想和他一起玩耍。有时候我会设计一些游戏给艾力和他妹妹珍妮玩，有时也会做一些寻宝的游戏让他们找上半天。我把安妮教我的画画技巧教给他们，也教他们怎么做石头人。每当这么做的时候，总会想起10岁那年，一个在我的生命中十分重要的人为我做的一切。

那时我竟没有把她当作最好的朋友！

绿眼怪兽

和珍妮一踏进商场,我就马上知道我不可能像她一样大采购的。

"我妈说,我和你去买我的生日礼物会比较有意思,所以她就把信用卡给了我,告诉我别乱买。"走进商场的时候,珍妮说。

我听了只是笑一笑,但我知道那个微笑有点勉强。我玩味着所谓"别乱买"是什么意思,感觉到脸部的肌肉因为假装愉快而绷得很紧。我想,也许是说只能买三套衣服,而不是五套吧——而且每一套还加上搭配的鞋子和皮包等等。

那绿眼怪兽悄悄地盘踞在我心里了,赶都赶不走。

珍妮和我从六年级开始就一直是好朋友。这几年来我们做什么事都在一起:一起去把头发剪短,然后又后悔得要死;谈论我们共同认识的男孩子;还有一起对学校的事大发牢骚。

开始时,我并不在乎珍妮家比我家有钱。但是上了高中以后,我开始注意到珍妮有、而我却买不起的东西——那满衣橱的漂亮衣服啦,拉风的跑车啦,健身俱乐部的会员卡啦,数都数不过来。我越来越嫉妒她的生活,为什么那些东西只有她能拥有?

看到她一副疯狂大采购的样子,我忍不住拿这和我们的生日相比。虽然我们家并不穷,但四个孩子的生日还是过得很俭朴。尽管爸妈把礼物的预算都定在20块钱以内,我们还是得挺开心的。

我还记得我上一次过生日。我家有一个习惯,就是过生日的人可以决定晚餐吃什么,并且可以请一个要好的朋友到家里做客。我当然请了珍妮。我们点了一顿好吃的晚餐,还有巧克力蛋糕当甜点。那个生日过得蛮不错的,但比起珍妮的生日大采购可就差得远了。

珍妮手上拿着一件毛衣和一条裙子走过来,我的思绪被拉回了现实。

她问我:"你觉得这一套怎么样?"

我回答道:"很漂亮。"珍妮点点头,又继续翻找。我也漫不经心地在货架间逛着,摸一摸那些漂亮衣服。

"我想试试这一套。"珍妮径自往更衣室走去。几分钟以后,她穿着那套衣服出现在我眼前,漂亮极了!

我叹了一口气。我真想告诉她,这套衣服穿在她身上好看极了,但嫉妒心让我把这些赞美的话吞了下去。珍妮的身材太好了,即使套个麻布袋也很好看。有时候我真怀疑跟一个这么漂亮的女孩做朋友是不是明智之举。上帝啊,为什么我就不能像她那样,有富有的父母、漂亮的外表呢?

"哎,丽莎,你觉得怎样?"这个问题珍妮已经问了好多次了,"好看吗?"

这套衣服穿在她身上实在太棒了,但是我心里那只绿眼怪兽开始捣蛋了。"嗯,我觉得不怎么样,你应该穿颜色比较鲜艳的衣服。"

"是吗?"珍妮带着怀疑的口气问,"我一直都不知道。"

"听我说,我们可以找到比这更好看的。"我告诉她,把她再推回更衣室去,"第一眼就看到的东西,你不能马上买下来!"我真想找到合适的理由,让珍妮赶快离开这家店,离那套衣服越远越好。走出店门时,珍妮还依依不舍地看了那套衣服好几眼。

在商场的另一头,我们走过一家冰淇淋店。珍妮说:"我请客吧。"说着掏出钱包来。"昨天我帮人家看护小孩看得时间长些,所以多赚了几块钱。"

我实在无法拒绝巧克力冰淇淋的诱惑,于是我们各要了一客,在桌前坐下。珍妮絮絮叨叨说着一些琐碎杂事,我心不在焉地听着,一面检讨最近对珍妮的心态,我明白这实在算不得友善。

我坐在那儿,开始用新的眼光来打量这个好朋友。我发现珍妮确实是个动人的女孩子——不只是因为她请我吃冰淇淋,事实就是如此。虽然健身俱乐部的会员卡是她的,但她只要有机会,一定会招待我一起去;她也常让我借用她的车、借穿她的漂亮衣服。

同时我也发现珍妮并不是来大采购的——她只买了一套衣服。我发现,我已经让嫉妒扭曲了眼光,看不到好朋友的优点。

这么一想之下,那只绿眼怪兽就消失得无影无踪了。

我们吃完冰淇淋,往另一家服装店走去。走过一排橱窗,珍妮轻呼一声:"你看那件红毛衣,穿在你身上,配上你的深色头发一定很好看!丽莎,你帮人看小孩的钱存得怎么样了?也许不久你就能买一件这样的衣服了。"

几分钟以前,我所想的只是:我辛辛苦苦地把看护小孩的钱存起来,珍妮却大大方方地花着她父母的钱,现在我听到的却是我的朋友对我的赞美与肯定。我应该对我的朋友也表示同样的风度才是。

"你知道吗?珍妮,我一直在想,刚才那套白色的毛衣和裙子的确很适合你。"说着我拉起她的手,朝着先前那家服装店跑去。

滑坡比赛

"选手预备,最后十秒!"

我站在起滑点,往前一望,整个滑雪道都笼罩在浓雾里。这是一次我期待已久的比赛,在此之前,我铆足了劲反复训练,为的就是在这项比赛里获胜。

现在,这个激动人心的时刻就要来临了。我多么希望比赛的哨声即刻响起,让这项我在心里不知想象过多少次的比赛成为现实。这是本赛季的第一项比赛,是在巴丘山举行的弯道滑雪比赛(译注:即是斜坡上插着许多小旗子,选手循着由旗杆标成的"之"字形滑道滑行),它充满着挑战和刺激。

我一向滑得很不错,大伙儿——包括我自己——都对我相当看好。

"五、四、三、二、一,滑!"发令员下达了命令,我像满弦的箭,"嗖"地滑了出去。

第一个转弯我转得相当顺利,先前那种惴惴不安的感觉消失了。到了第二、第三个转弯,我想到前面就是最难驾驭的瀑布区,心里开始紧张起来。在瀑布区,参赛者必须跃下2.5米高的悬崖,并在空中做45度左右的转弯,才能准确地进入下一个关口。很多人都败在这里,但我相当有把握。

滑近瀑布区时，我在脑海中把这个过程预习了一遍：我应该尽量利用我良好的弹跳力，并且注意做好悬崖下面的左转弯动作。

然而，我刚滑过一个关口，正准备小心地起跳时，说时迟那时快——我碰到了雪道的边缘。刹那间，我像老鹰一样腾飞起来，头下脚上地直往瀑布底端坠去，结结实实地撞在坚硬的雪地上！

撞上雪地还不打紧，我的身体还一直往下滑。一根滑雪杖撞掉了，双脚、手臂、脖子没有一个地方不疼，心里更是懊恼极了。当我好不容易停下来时，只能动也不动地躺在冰冷的雪地上。我听到滑雪场的巡逻员、看守员远远地大声问我："你还好吗？"看到我没有反应，巡逻员赶紧滑过来察看我的伤情。

"孩子，你叫什么名字？"他问我。

"诗恩。"我回答说。

"诗恩，你今天摔得可不轻。怎么了？是不是撞到了雪道的边缘？"

"大概是吧。"我有气无力地说。

"有可能。要不要我叫车送你到坡下？或者你还要继续比赛？"

"如果不麻烦，我想还是坐车下去好了。"我头昏脑胀地回答。

不久，雪地车就来了，我被五花大绑地，连同滑雪杖一起被送上车。

"诗恩，你说，你要我送你到哪儿？"司机问我。

"谢谢你，你可不可以送我到坡下？"我坐在车子里，脑子

里萦绕着许多问题。怎么了？我是怎么搞的？我该如何对那些期望我旗开得胜的朋友交待呢？

"好，那我们就往坡下去喽！"

"谢谢！"我虚弱地回答。

"但愿你下次运气好一些。"司机转过头来对我说。

"谢谢！"我还能说什么呢？

下车后，我拾起滑雪杖，一瘸一拐地走到计分牌那里，看我的队友们滑得怎么样，正好克利也在那儿等着看他的成绩。

克利和我是多年的好朋友。刚搬到这个地区时，我什么人都不认识。不久克利也搬来了，他家离我家只有一英里路远。接下来的四个暑假，我们总是成天待在一起——不是在他家就是在我家。我们在一起能玩的可多了，打篮球、橄榄球、游泳、摔角，什么都玩的不亦乐乎，可在一起玩得最多的还是滑雪。克利和我都特别喜欢滑雪，我们也一起参加了好几年的比赛。

克利是个地地道道的酷小子。他的个子不高，有一头棕色的头发和一双蓝色的眼睛。事实上，他和我长得挺像的，唯一不同的是，我的眼睛是棕色的，也比他长得高大些。

"克利，滑得怎么样？"

"还好啦，不过总觉得还可以更好一些。真可惜你摔跤了，怎么回事啊？"

"我也不知道，恐怕是扭到哪根筋了。"

"真不好意思，就因为老兄你摔跤了，我才有今天的运气哩。"

"怎么说呢？"

"你一向不都比我滑得好吗？我从来没有进入过地区性的决

赛，因为每次都是你拿去了。"

"是啊，这回没获奖真的觉得怪怪的，我现在终于能明白你们以前的感受了。我一向都觉得获奖没什么稀奇，也从来没有想象过名落孙山的感觉，自然也就没有真实的体会。以前我只是想，哈，果不其然，我又赢了！"

"如果获奖没有意思，你为什么一再地参加比赛呢？"克利露出一丝困惑。

"我很喜欢参加比赛，当然也喜欢胜利、喜欢获奖。我只是说，我没有体会过获奖之外还有另一面。"

这时候，克利的成绩出来了。我们马上赶过去看他得到第几名。

当克利看到自己的名字出现在"第一名"的位置时，高兴得手舞足蹈，险些把那个牌子撞倒。

"诗恩，我简直不能相信自己的眼睛！哇，这是我第一次获得冠军哩！过去顶多只是亚军或者季军而已！"他大声地嚷嚷着。

我望着克利那副兴高采烈、笑得合不拢嘴的样子，还有那充溢全身的精气神，我知道这个第一名对他是实至名归的。

"诗恩老兄，多——谢你摔了这么一跤，我的美梦成真了！"

"甭客气啦，你这朋友不是白交的吧？"我调侃道。

如果你一向无往不胜，却有一次阴沟里翻了船，且先别太过懊恼，不妨平心静气地享受一下失败的益处——好好地欣赏一张胜利者的脸，并且由衷地为他高兴。

钻石般的友谊

"我再也等不及了。九年了,总算让我等到了。啊!自由!可贵的自由!"瑞蒙一面大叫,一面咚咚咚地跑着跳着,差点和我撞个满怀。我瞪了他一眼。

"少来啦,爱琳,你在学校待的时间和我一样长,我晓得你也一样高兴得想跳起来!"

瑞蒙微笑着伸过手来揽住我的肩膀,棕色头发下的脸焕发出愉悦的光辉。他的双颊泛着红晕,绿眼珠也闪闪发亮,促狭地问:"瞧你昨天哭得多伤心!怎么样?还是那么难过吗?你并不常哭的呀。"

我不想理他,但是他的手还是紧紧搂着我的肩膀。我走一步,他就跟一步。我已经觉得够不好意思的了,他还调侃我!前一天预习毕业典礼时,我情不自禁地泪流满面,连调皮的瑞蒙都对我深表同情。

那天晚上,我打电话给佳琦,想不到又哭了一鼻子。哭完以后,她知道我没事了,就一五一十地告诉我,她接了不少同学的电话,大家几乎都因为伤感而泣不成声。她还说,如果她能通过电话线走到对方面前,一定会好好赏对方一个巴掌。我不能说我吓了一大跳,因为佳琦一向都是这么严厉的。

我把思绪扯回眼前。瑞蒙走开了,他追上前边的那帮男孩子一起回家。真糟糕,他们都停了下来等着我。亚基大叫着:"爱琳,再不快点,我们不等你啦!"他喜欢拿我的辫子开玩笑。听他这么说,我极力让自己不要脸红,但我心里有数,尽管我的肤色很深,他们还是看得出来——我脸红了。

过去两年,我是结伴回家的伙伴中唯一的女孩。我必须听他们的道听途说,以及有关打架或是电影的评论。有时大伙儿还会在半路上停下来,打起橄榄球来。

我正想快步赶上,只听得一阵假装的啜泣声。等我赶上他们,那哭声就更大了。哼,臭男生,别想着将来我会想念你们!往常那段回家的路只要短短的五分钟,可这回好像总也走不完。我暗暗下定决心,在明天毕业典礼结束之前,我一定不许自己再哭!忍一忍吧,几个小时就过了。

毕业典礼以前,有些男孩打赌谁会先哭。不消说,他们赌的都是我。

毕业典礼开始了,我环视了一下我的朋友们。丽莎,这个留着红色长发、长着一对碧绿眼睛的女孩,总是要求我凡事力求完美;马修总想给我最好的忠告,尽管他常常说到一半就忘了自己在说什么;还有坦娜,那一双精明的眼睛总是很快就识破我的错误,并要求我不能再犯。我简直无法相信这几年就这样飞走了。我们一起说笑话,一起流眼泪;我们吵过架,又讲和了;我们一起努力克服幼稚可笑的行为,很多时候我们果然做到了。

台上喊着一个又一个名字,我看到我亲爱的朋友一个一个走上台又下来了。我们将要一个一个地往上帝为我们预备的路上走去,只是,往后再也不是成群结队、嘻嘻哈哈地一起走了。

　　友谊就好像刚刚从泥土或煤堆中被发掘出来的钻石一样，在粗糙的外表下有着美丽的内涵。除非用爱做工具，把外面的泥土除掉，你永远不能看到它熠熠的光芒。每一颗钻石都拥有爱的坚强力量，它可以切割坚硬的恐惧、种族差异以及痛苦，并且发出耀眼的光芒。

　　拥有这许多珍贵的友谊，我自豪地说：我的财宝实在丰富得超过我之想象！

友善的对手

1936年，德国柏林奥运会。

田径名将杰西·欧文斯瞪大了眼睛，简直无法相信眼前的事实——那个高高举起的牌子告诉他：他的试跳又失误了！这已经是他第二次失误了，这个世界跳远记录的保持者，现在只剩下最后一次机会了。

资格赛的标准只有7.18米，比他自己所保持的记录——8.18米——要短得多。但是在这场资格赛中，他已经失误了两次，第三次再失误，他将失去参加跳远决赛的资格了。

就在这个让人紧张得屏起了呼吸的时刻，一个第一次参加这项比赛的新手——他的主要对手——为他带来了希望。这个对手来自德国，名叫龙路滋。到目前为止，跳远这一项只有他能和杰西一较长短。

1936年在德国柏林举行的奥运会中，这个非裔美国选手与德国选手的对垒是大家瞩目的焦点。那时，德国的独裁者希特勒以及他的党羽相信白人是最优越的种族，他们十分厌恶黑人。希特勒希望这次在柏林举行的奥运会能够证明，白人运动员比有色人种运动员优秀。

但这个来自美国俄亥俄州的黑人运动员却以优异的成绩证

明，希特勒错了！他在这届奥运会中夺得了四枚金牌，让希特勒和他的党羽大大地跌破眼镜。

但是，如果没有龙路滋无私的体育精神，杰西就不可能夺得这项跳远比赛的金牌。

杰西参加了200米跑及跳远比赛，而这两项比赛几乎同时进行。他先参加了剧烈的200米跑的资格赛，接着比赛服都来不及换，就赶到场内参加跳远资格赛。那时，比赛已经开始了。

由于迟到，杰西并不知道资格赛已经正式开始。他试跑了一下，就往沙坑里跳。当他听到主持比赛的人员宣布他第一次试跳失误时，他吃惊得张口结舌。这让他心里顿起波澜，一方面他还没有从刚刚结束的200米赛跑中恢复过来，因此他在接下来的第二次试跳时用力太过，竟没有调整好起跳位置——又失误了！如果再失误一次，就意味着杰西将失去他最有把握的跳远比赛的资格了。

这时，一个高大的白人运动员拍了拍杰西的肩膀，并用英语向他自我介绍说——他叫龙路滋，是德国的跳远选手，已通过了那天下午的资格赛。就这样，这个黑人佃农的儿子和那个德国运动员聊了起来。龙路滋非常反感希特勒的主张，因此他给了杰西一些建议。

"你一定是受到什么干扰了。如果你闭上眼睛平静一下，我相信你一定能通过资格赛的！"尤路滋对杰西说。

杰西告诉他，他并不知道第一次试跳是正式的，而第二次试跳时因为对第一次的失误耿耿于怀，竟错过了起跳点，结果再一次失误。

"其实，这个标准的距离对你来说是轻而易举的事。"尤路滋告诉杰西:"你不妨在失误线前一尺左右做个记号,然后把那一点当作你的起跳点,那样你就不会失误了。"杰西望着尤路滋,真诚地感谢他的对手。

于是,在最后一次试跳前,杰西果真用脚在上次失误线前30公分左右,做了一个记号。几分钟后,他开始第三次试跳——这次他通过了,还超过标准60多公分。

故事还没完呢。

那天下午,争夺跳远金牌的就是这个美国选手和这个德国选手。

杰西第一次跳,就创了新的世界记录——7.79米;接着,他又以7.92米刷新了记录。尤路滋也不甘示弱,他奋力一跳,平了他对手所创的记录,让数千德国观众大为振奋。

现在又轮到杰西了。这个美国的跳远冠军跳出了8.03米的好成绩,又是一项新的记录!现在尤路滋需要以超人的勇气和超常的发挥才有可能领先了。尤路滋为了做到完美,竟越过了起跳点,这一次他失误了——杰西赢得了金牌!

杰西还有一次机会,这次他跳了8.08米,第三次打破了世界记录!

傲慢的希特勒坐在观众席上,眼睁睁地看着这个黑人运动员抱走了冠军,而第一个上前拥抱他、向他祝贺的竟是他的国民,也是杰西的竞争对手——龙路滋。

很多年以后,杰西还是经常回想着那一刻——两个来自不同国家的奥运选手像好朋友一样相互拥抱:"我可以把所有的奖牌和奖杯都熔化,却怎样也铸不出龙路滋给我的纯金般的宝贵友谊。"

朋 友

那次比赛后，龙路滋和杰西一直保持着美好的友谊，他们经常互通书信，即使在第二次世界大战期间也不例外。后来龙路滋参加了德国陆军，在1943年的一次战役中他写信给欧杰西说："尽管我们的政府立场不同，但我希望我们一直是最好的朋友。"这是龙路滋写给杰西的最后一封信。几天之后，杰西运动场上的对手、也是最好的朋友战死了。

杰西仍继续与龙路滋的家人保持联系。战争结束后几年，杰西接到一封让他感动万分的信，那是尤路滋22岁的儿子彼得写给他的。彼得告诉杰西他要结婚了，并且说："虽然我父亲不能在我的婚礼上担任主婚人，但我知道他会希望谁来代替他，那是他自己以及全家人都钦佩、尊敬的人。他一定会希望您来代替他的，杰西叔叔，我也这么希望。"

杰西来到了德国，自豪地站在新郎身边。

杰西永远记得这个好朋友——龙路滋。在奥运会上，尤路滋把体育精神看得远比赢得比赛重，他是一位真正的伟大的运动员。

没什么大不了的

我怎么都没有想到,《飘》这本小说让我懂得了如何尊重他人,如何诚实处世。具体地说,这是我把这本小说借给我的朋友克丽之后的事。

"拜托嘛,我一定会很小心的。"那天,克丽苦苦求我把《飘》借给她。

我必须承认,我对自己的藏书是极其吝啬的。奶奶送给我的这本《飘》便是我那些宝贝藏书之一。

"好吧——"尽管我很不情愿,我还是答应了。我知道克丽平时并不怎么爱惜书,但我又有什么办法呢?谁叫她是我最好的朋友呢。

接下来那些天,克丽每看到我,总要向我报告她看那本小说的进度。

"郝思嘉嫁给了那个可怜虫查尔斯!"一天早上,她一上校车,就对我嚷嚷道:"简直是不可思议!"

"你得小心保管我的书哦!"我总是这样提醒她,她也总是点点头,但我实在不知道她有没有把我的话听进去。

克丽不但巨细无遗地告诉我她看书的进度,还总是在我耳旁嘀咕一些同学的是是非非。

有一次,她告诉我,学校里的风云人物芭蒂如何如何。我听完大惊失色地问她:"你怎么知道的?"她故作轻松地说:"反正我没把耳朵关起来就是了。"

有时候我觉得很奇怪,为什么我这个朋友对别人的闲言碎语那么有兴趣?每次我质问她,她总是辩白道:"我又没有伤害谁,而且我也只是告诉一两个人而已。"

我不太清楚所谓的"一两个人"到底有几个,但我始终把克丽的话当作耳边风,尽管我没有阻止她说下去。我给自己找了个借口:我只不过是听听罢了,这又不是什么大罪恶——至少我这么认为。

过了几个星期,克丽打电话给我,告诉一条有关芭蒂的大新闻:"你知道吗?她怀孕了!"

"什么?!"如果这事发生在其他女孩身上,也许我会相信。但是,芭蒂?不可能!于是我告诉她:"你一定搞错了!"

"不会错!"她斩钉截铁地说:"今天我在洗手间听到苏珊和玛霞在谈芭蒂的事,又说到婴儿什么的。我确实听到她俩说芭蒂快要有小宝宝了。"

"她们还说了些什么?"

"不知道,后来我就没有再听下去了。"

放下克丽的电话,我决定打电话给若彬,她是芭蒂的好朋友。我正拨着电话,哥哥马可走进厨房找点心吃,我和若彬说话时他正好站在那儿。

"听说芭蒂怀孕了,你想那可能吗?"

若彬告诉我,她最近几个月很少和芭蒂在一起,因为芭蒂和她的新男友混得火热。又聊了一会,我就把电话挂了。我的疑问还是没有得到答案。

"你在干什么?"马可质问我。我告诉她克丽提供的消息。

"你觉得你真有必要打电话给这些人吗?"他以兄长的口吻质问我。

"我只不过想弄清楚那是不是真的。"说完,我又拨了另一个电话号码。

马可用怪异的眼光默默地看着我,然后摇着头走出了厨房。

翌日早晨,我一踏上了校车,克丽就告诉我,她只剩50页就看完《飘》了。虽然我满脑子想的都是有关芭蒂的事,我还是没有忘记提醒她小心保管好我的书。

那天,在学校走廊上,大伙儿交头接耳的,说的都是芭蒂怀孕的事:"是她吗?还是别人?"这个问题似乎传到了墙壁又折了回来,在楼梯间回响着。刚巧那天芭蒂没来上学,于是传言就像风一样在学校里流散开了。

晚上,我们快要吃晚饭时,克丽突然出现在我家前门,手上拿着我那心爱的《飘》。她一面把书交给我,一面赞叹说:"这部小说实在太棒了!"

我一接过书,就发现有些不对劲,打开来,那本书就整个软塌塌地往后翻。

我一页一页地翻着,清楚地看到好几页的边角都被克丽折过来当做书签了,封底还印着大大的一圈咖啡渍。克丽解释说:"那天我爸爸找不到杯垫,就把咖啡杯搁在这本书上了。他的咖啡杯一定是湿的,真是对不起啊!"

"唉呀克丽,我告诉过你的嘛,要小心我的书!"我很不高兴地抢着说。

我越说越大声，马可从房间走出来，想看看究竟发生了什么事。"如果你不能小心保管别人的书，就不应该把它借走。你知道这本书对我有多重要吗？"

克丽一脸惊愕，期期艾艾地说："对、对不起！"话还没说完，她就扭头跑走了，逃离了即将爆炸的我。

"这种人就是这样，一点儿也懂得爱护别人的东西。"我一面跺着脚走回房间，一面嘀咕着。

"听你这么说真好笑。"马可在一旁说。

"有什么好笑的？我要她小心保管我的书，结果她把书搞得一塌糊涂！"

"这不正像你们两个说芭蒂的闲话一样吗？还不是把她的名声搞得一塌糊涂！"

"哎，哥，你可要搞清楚，我可不像克丽那样大嘴巴！是她打电话给我的，我只不过打电话给一两个朋友，想问个究竟罢了！"被马可这么一说，我更气恼了。

"如果你真的关心芭蒂，为什么不直接打电话问她呢？"马可不放松地说："你并不是真的关心她，你只不过假装关心她，骨子里你还是喜欢这些闲言闲语，你骗不了我的！"

我呆呆地站在那里，马可的话深深地扎进我的心里。

"也许你应该好好想想，"马可继续说着，从我手中把那本小说拿过去："这只不过是一本没有生命的书罢了，即使克丽把它翻得软塌塌的，甚至弄掉了几页，或是溅了咖啡在上面，你或许会心疼，但并不算什么大事。可是随便散播人家的谣言，说人家怀孕什么的，破坏了人家的名誉，可就——"

马可把书递还给我，接着又说："我今天放学后遇到芭蒂的妈妈了,其实是芭蒂快要有一个小外甥或小外甥女了,她的姐姐婷娜快要生第二个孩子了。克丽那天显然没把别人说的话听清楚。"

我默默地走回自己房间,躺在床上,翻开《飘》。马可说的很对,书页里偶尔沾上几个褐色的印痕并没有什么大不了的,但是把人家的名誉涂上怀疑和谣传的污点却是多么严重的错误!

我把书检视了一下,放回书架。我下定决心,明天我一定要去找芭蒂谈谈。

不管是在纸上或在心上,印痕都是很难抹灭的。但我要以自己的努力,让"印痕"慢慢淡化。

最佳旅伴

"请问爱莉同学,你对佛罗里达州之行是不是很兴奋啊?"
"嘉书,我要你马上把录像机拿走。"
"别这样嘛,想想看,阳光、沙滩,和朋友一起疯玩……"
"喂,嘉书,我不是开玩笑,别惹我打你喔!"
"整天都在风景优美、阳光满溢的奥兰多……"

嘉书说到一半,录影带突然变模糊了,那是因为嘉书看到我伸手要抓录影机,连忙退后,镜头一下子摇晃起来。

我真的差点把他的录影机扔到车窗外头去。

说实话,对于这趟佛州之行,我一点兴奋之情都没有。事实上,我是整个校合唱团里唯一对这次旅行投反对票的。我原本希望能如往常一样,表演一出音乐剧,但是其他团员都想参加这个迪斯尼公司主办的合唱比赛,因此我也只好服从。我心想:他们可以让我跟着去,但别想让我喜欢这趟旅行。

我以前也坐车到过迪斯尼乐园。我的意思是,我知道从印第安那州到佛罗里达州是很遥远的,但等我看到团里的男生在摇摇晃晃的客车上打开旅行袋,拉出那些假发、猩猩面具、音效录音带、假手臂什么的,我就知道这趟路是没完没了的了。

在靠近肯塔基的州界那里,我想用睡眠着来逃避这场梦魇,可是这办法错了。当我在乔治亚州醒来时,发现满脸被涂上了刮胡膏、防晒油、牙膏和洗发精。我已经没有劲儿跟这一群幼稚无聊的家伙瞎缠,就这样闷不吭声地一路张着眼,坐到佛罗里达。

总算到了奥兰多的双树旅馆。不幸的是一向阳光灿烂的奥兰多这会儿却阴冷阴冷的。我很快就尝到了把短裤、T恤与游泳衣什么的都往身上套是什么滋味,但我所能做就是把所有的衣服都穿在身上,然后窝在房间里看公共电视台的侦探影片。

合唱团里其他人大部分时间都在走廊上胡闹,偶尔我会听到一阵大喊,那"砰"的一声或许是吉他和弦音吧。我不知道他们究竟在搞什么,但我恼怒得差点叫旅馆的保安把他们抓起来。

第二天还是一样的阴冷,还刮着风。我下床准备去彩排。

从来没看到过那么难看的服装——尼龙布衣料令人浑身发痒,鞋子太大,而那套亮闪闪的外衣简直滑稽透顶!可笑的是,我们的乐队指挥居然认为这套演出服新颖、别致。管他认为怎样,反正我觉得穿上它,简直像外星人一样古怪。

合唱比赛即将开始了,我们被带到一个大房间去准备。其他的合唱团也在大楼的其他房间里练习,所以有一群男生自告奋勇去打探消息。

"他们的低音电吉他挺不赖的!"吉他手回来报告说,"还有三管萨克斯风!"

"我听到有一队在练习,还真有两把刷子呢!"

"他们以为自己已经赢了,可他们台都还没上呢。"

"我听有人说,这次比赛的规模比起他们以前参加过的,算是小巫见大巫了。这么说,我们会不会是唯一首次参加比赛的呀?"

让他说对了，我们的确是唯一一支首次参加比赛的合唱团。

从我们的表现就可以看出来了。我从站着的第三排看过去，我们的表现简直惨不忍睹。跳舞的队员要不就撞在了一起，要不就不该转的也转了，有一个女孩还被打开的雨伞刺破了额头。

接着更可怕的发生了。当我们唱第三首歌时，吉他手跳过了一整节谱表，一半的队员跟了过去，另一半则继续跟着其他的伴奏。大约有16个音节都是这样挣扎着胡混过去的，好一阵子才恢复正常。

"糟糕透了！"我们一下台就有队员抱怨说。

好得了吗？但我没说什么，因为说什么都是多余的。

"是啊，是有一些错误，但我们已经很努力了对不对？反正是第一次嘛，下次会好的。"好像我会告诉他们这些似的，事实上我什么都没说。

我们终于爬上了回程的车，接着是令我更难堪的事：录影带欣赏。车上有录影放映机，嘉书想不妨把这几天的录影放出来给大伙儿看看，也许可以帮助大家忘掉得最后一名的难堪。

录影带的大部分内容都挺有趣的，有些在车上拍的甚至很好笑，那些在旅馆走廊玩的人好像也玩得很开心。看到比赛中第三首唱坏了的歌时，我们都忍不住叫起苦来，但是整个表演其实还算不错。事实上，这可能是我们最好的表演了。我在台上看到的那些瑕疵，从台下看倒也不是那么扎眼。我们是最后一名没错，但还不至于羞愧得无地自容。

录影带中的我显得落落寡合，是唯一扫兴的人。我每次出现在录影带中，不是皱着眉、绷着脸就是说些不愉快的话。录影带中那些好笑的镜头都没有我的身影。

抵达目的地前的最后一个活动是颁奖："迟到最佳藉口奖"、"最佳纪念品奖"之类的玩意儿。我得到的竟是"最佳旅伴奖",这是多么的讽刺。

直到今天我还把它保存在我的剪贴簿里,它时时地提醒着我:在团体活动中,没有什么事比不合作的态度更具有破坏性了。

辛辛那堤

维莎和我是六年前在舞蹈班认识的。

从那时开始,我们就是最要好的朋友。她的家离我们家有一段距离,这一阵子我们各忙各的事,再也不能像小时候那样常常见面了。小时候,我们曾经央求父母带我们到彼此的家里去。长大后,我们巴不得早点拿到驾驶执照,好自己开车到对方的家里去。我们开玩笑说,有一天我们要自己开车到辛辛那堤去,伴随着收音机的大音量,摇下车窗来,让头发在风中飘扬。

我们真正成为朋友以前,我就喜欢上了维莎。我央求妈妈每天早点送我去舞蹈班,晚点来接我,好让我可以看维莎跳舞。我坐在地板上,整张脸贴着玻璃,满心佩服地看着维莎跳舞。她可以在三分一秒中旋转三次,光是看她像陀螺似的旋转就够我头晕的了。我真的很仰慕她。

我上六年级时,维莎上七年级,我把她当作我的大姐姐。她给我买最好的礼物,并且写一些小纸条,哄得我开心不已。每次比赛前,她都会帮我卷好头发,教我怎样化妆。平时,她教我怎样和男生打交道,我也很乐意把自己的小秘密告诉她。当我需要她时,她从不会把我推开。

后来我升到她的舞蹈班,这样我们就可以长时间腻在一起了，我们成了最要好的朋友。到了周末或放假时，我常到她家去住，我们无话不谈。我们的衣服有一半是在彼此家的壁橱里，我们也在彼此的家里留下一把牙刷，并且一起度过一些不那么愉快的时光。

有一天，妈妈带我去维莎家。一下车，我就听到她父母吵架的声音。维莎很尴尬地接待我，我对她笑一笑，拿起她家信箱里的信，安静地跟着她走到房间去，故意不管厨房传来的吵闹声。她的父母不知道我们待在屋子里，依然继续大声吵着。

"我要离婚！"

"好极了！"

那天晚上，维莎在我家过夜，我们很晚才入睡。第二天早上五点妈妈叫醒我时，我们都迷迷糊糊的搞不情楚怎么回事。我只听到妈妈一面关门一面说："我到医院去。"

九点左右，妈妈终于回来了。我们一听到车库的开门声，就把电视关掉，事实上我们也没有心情看。我们忧郁地对望一眼。妈妈慢慢走进客厅，看着我们两个说："外婆过世了。"维莎用她的手搂着我的肩膀，我们两人都泪流满面。

在我们最软弱时，都能得到彼此的支持。由于我们上不同的学校，要见面很不容易，但我们一起经过这许多，使我们的友谊难以磨灭，些微的不便也就不算什么了。我们还是常常互致电话，并在周末结伴去看电影什么的。

维莎还是常常给我一些小小的惊喜。一个星期天的上午，她九点就打电话给我，说她马上就到我家来。她一到我家，我马上跳进她的车。

"去哪儿？"

"辛辛那堤!"

当汽车从我家的车道滑出去时,我笑了。

我们的头发在风中飞扬起来。

友谊树

持续最久的友谊是扎根最深的友谊,这样的友谊无异于手足之情。

我上三年级时,是学校里的"新生"。一年以前,我们全家搬到孟斐斯近郊的一个小镇。那是一个中产阶级集中居住的小镇,居民大都勤奋而踏实,但对新搬来的人似乎有着几分隔阂。

有一天,一个男孩带着一丝紧张的神情来到我们班上。他名叫唐木,他们家几天前才从纳许维尔搬来。你可以看出来,他并不喜欢"新生"这个角色。

由于我后面的座位是空的,老师就指定他坐在那里。我深知当"新生"的滋味,所以就主动地向他介绍我自己。很快地,我们成了最要好的朋友,不光在学校是最好的伙伴,放了暑假还是整天待在一起。

唐木的家离我家大约一英里半,那是一栋公寓楼,静静地立在那儿,而我家则位于喧闹的大路旁。尽管相隔挺远的,我们的友谊还是持续地成长。

我们常常约在两家中间的一个地方见面,那是教会前庭的大橡树下。那棵树长得高大茂盛,树干圆周至少有两米,树枝比我们的大腿还粗。我们管那棵树叫做"友谊树",因为它象征着我

们之间的信任和爱。

　　这是我们相见的地方，也是我们道别的地方。第一个暑假中，我们常常带着棒球手套在那里碰面，到了下午分手时又约好第二天再见。

　　一年一年很快地过去了，我们的友谊树好像一直都站在那里，默默地看着我们成长。我们从铺满橙黄落叶的树下走过，讨论着学校里各种各样的事；我们也舒适地坐在树根上，谈着我们认识的女孩子；高中毕业舞会那天，我们穿着燕尾服在那儿见面；大学毕业典礼那天，我们也穿着长袍、戴着方帽在那儿相聚。理所当然地，我们成了彼此的婚礼上的佳宾。

　　岁月慢慢地流逝，我们先后为人夫、为人父。后来我们都迁离了共度童年的小镇，就算这样，唐木与我依旧保持着联系，我们之间的友谊没有一丝一毫的消减。有一天，唐木打电话告诉我，教堂前面那棵大树被雷击倒了。听到这消息，我忍不住流下了泪水——我们的童年象征不再了，这是没有任何东西能够取代的。

　　六个月过去了。有一天我在报上看到一则报道，说有一个人擅长用具有特殊意义的木头做成笔。我心里想：当初要是能够保留一段那棵树的木头该多好！但当我继续往下读时，兴奋地发现，那个人就住在我们童年的小镇！我暗暗揣测，说不定他也会用教会那棵大树的木头做笔的。

　　果不其然！他就是那个教会的教徒，所以他用那棵树的木头做成笔，送给教会的会友做纪念。当他告诉我还剩最后两枝笔时，我简直不敢相信自己的耳朵。

　　我太高兴了。我立即和唐木约好见面的时间，并且把其中的一枝笔送给他。这是我们友谊的象征,也代表我们对彼此的忠诚。我自己留下了另一枝,并且常常拿出来,回想着我们如树根般深长的友谊。

国王的礼物

从前,有一位充满智慧、深受国民爱戴的国王,他非常关心自己的百姓,常想着如何让他们生活得更好。国王为了更加深刻地了解百姓的冷暖,对普通民众的日常生活很感兴趣。他常常会乔装打扮一番,去街头巷尾微服私访,体验普通人的生活。

一天,国王装扮成一个贫穷的村民进入公共浴池。很多人都在这里结交朋友,让身心得以轻松休憩。浴池的水是经地下室的火炉加热的,有一个人专门在那里看管,负责保持温和适宜的水温。国王走进地下室,找到了那个不知疲倦地照看炉火的人。

两人一起吃了顿饭,国王跟这个孤独的人交上了朋友。一天又一天,一周又一周,国王经常来看望火炉工。这个生活在地下室的人,很快跟陌生的参观者成了好友。在这以前,从来没有人愿意进入地下室,来到这个昏暗潮湿的地方,从来没有人对他表现出这么多的关心和挂念。

后来的某一天,国王对他的朋友道出了自己的真实身份。这是一种冒险,因为他担心火炉工会向他提出一些特殊要求,比如某种恩惠或礼物。但是,国王的新朋友凝视着他的眼睛,说:"你离开了舒适的皇宫,跟我这个微不足道的人一起,坐在这潮热肮脏的地下室里。你和我一起吃着寒碜的食物,你真诚地关心我的生活。你可能给予了别人丰富的赏赐,但你却给了我一份最伟大的礼物,因为你把你自己作为礼物给我了。"

鼓 励

上帝会眷顾你的孩子

病房里静悄悄的,依然笼罩在清晨的幽暗中。窗外,11月的初雪轻轻地飘着。丈夫熟睡在我身旁的临时小床上。

我辗转难眠,脑海里闪现出前一个晚上的一幕又一幕:阵痛、深呼吸、宝宝出生……

我吃力地睁开眼睛,思索着医生对我们说的话:"耿先生、耿太太,我们必须非常抱歉地告诉你们,我们初步诊断发现,你们的小女儿患有唐氏症。"

放在行李箱上的小闹钟告诉我,现在是6点过2分。我的眼皮像千斤铁闸,怎么都睁不开;浑身酸痛,四肢好像不是自己的,动弹不得。我很想睡,可是一大堆找不到答案的问题排山倒海般袭来,让我难以入眠。

我们的未来会怎样?

我们怎么告诉家人这个不幸的消息呢?

我们的婚姻经得起这个意外的考验吗?

迷迷糊糊间,我听到一阵轻轻的敲门声。我艰难地睁开一丝眼缝,往门口看了看,一个扎着马尾巴小辫、穿着百褶裙的女孩的侧影,映在走廊的暗淡灯光下。

她向我走近。我揉一揉沉重的眼皮,努力把疲惫与睡意赶

走。

是洁丝。我们交换了浅浅的微笑,她在我床边的一张椅子上坐下来。

我想起去年9月我们初次见面的情形。

那是我刚从大学毕业、开始教师生涯的第一天。我被指定当202教室的导师。那是一所天主教教会办的高中。

上课铃响了,八点整,21个女生鱼贯进入教室。前15分钟主要是点名和宣布当天的注意事项,接下来才是正式的上课时间。

女孩们个个背着大书包,书包里装满各式各样的教科书。她们穿着笔挺的校服和闪亮的皮鞋,悉悉索索地找到自己的位置坐下。

"我是耿老师。"我自我介绍说,并把我的名字写在黑板上。

洁丝和同学们一边瞅着我,一边窃窃私语。那时我也穿着学校发给老师们的制服,但那深蓝色的上衣和时尚的半高跟鞋并不能掩饰我的青涩。

日子一天一天地过去,那些窃窃私语逐渐变成了坦诚的对话。

有时我们会谈功课的压力,有时话题比较轻松。尤其是星期一早晨,女孩子们总喜欢围绕着球赛啦、舞会啦、约会啦等等话题互相开着玩笑。

但有时候她们也会打探我的生活,吱吱喳喳地问着各种问题。

"老师,你上的大学怎么样?"

"老师,你第一次约会情形如何?"

"老师，你和你爱人是怎样认识的？"

我一一照实回答，把她们当作我的小妹妹一样。虽然我上大学时，教育系的教授曾经告诉我们，当了老师可不能和学生太过亲昵，免得失了分寸，但我觉得，能够和学生们分享生活中的一些心得应该是一件快乐而有益的事。

那一年很快就要过去了。5月的一个早晨，我走进教室，手上拿着一张B超底片，那是前一天刚从医生那儿拿到的。

我带着喜悦的心情，向她们透露说，我已经怀孕三个月了。女孩子们听了都欢呼起来，接着又七嘴八舌地猜着老师将来穿孕妇装会是什么样子，是不是还得在肚子下面束条带子撑着肚子等等。她们还一口咬定，小宝宝一定是个女孩。

她们绕过教台，把那张B超底片打开，询问婴儿的心脏在哪里？他（她）的头和手在哪里？

女孩子们都惊喜地看着，除了洁丝以外。她远远地站着，虽然脸上带着微笑，却隐隐透出一丝悲伤。

上课时间到了，女孩子们赶着上课去了，只有洁丝慢吞吞地落在后面。

"耿老师，我可不可以和您谈谈？"她用几乎听不见的声音问我。

我瞄了一眼那天的课程表，九点以前我都有空。

"好啊。"于是我们找了两个并排的椅子，挨着肩坐下。

"老师，我也怀孕了。"她一开口，眼泪立刻溢满了眼眶。

"快四个月了。我不知道该怎么办……我妈妈离婚了，她为了帮我付学费，一直辛苦地操持着。我该怎么对她说呢？她会怎么反应？如果我不能继续上学，她该多么伤心！"

洁丝用手捂住脸,久久放不下来。我拍着她的肩安慰道:"别难过,洁丝,你愿意再说下去吗?"

洁丝稍稍平静下来,她告诉我婴儿的父亲是学校对面男校的一个橄榄球健将。

"他刚被提名参加一个橄榄球的大学奖学金的评审。我们两个都知道我们现在结婚都太早了,而且也没有能力照顾孩子。老师,我真的好害怕……"

我一面听一面思索着可以对她说什么,我不敢确定她是否听得进我的话,不过我还是说了。

我告诉她:"洁丝,上帝一定会眷顾你的孩子,这一点你千万要相信。"

不久之后,洁丝再一次找到我。她告诉我,她终于鼓起勇气告诉了妈妈,想不到妈妈并没有责怪她,反而表示愿意帮助她度过这段艰难的时光。另外,医院里还有一个医生很关照她,亲力亲为地帮她做着各种生产前的准备。

我找校长恳谈,取得了她的同情与理解。就这样,学校作出一个妥善的安排:让洁丝在产前的最后几个月仍能继续学业。

这让洁丝大感意外,同时也倍感欣慰。

暑假的那几个月,我在收到朋友赠送的婴儿礼品以及购买婴儿车时,总会不由自主地想到洁丝。每次我感到腹中胎儿的燥动时,也会想着此刻洁丝如何和社会工作人员面谈,如何选定孩子的领养人,并且签下有关领养的文件。

我心疼地想:同样是准妈妈,我们俩预备生产的方式和心情是多么的不同。

9月开学了,洁丝在202教室前面等我。她穿着格子孕妇上装、水磨蓝牛仔裤，脚下是平底球鞋。她开心地扬着手上的课程表，微笑着告诉我，她还是被分配在我的202教室。

我们本想互相拥抱的，却发现隔着两个大肚子根本不可能。我们不禁同时大笑起来。

四个星期以后，洁丝产下了一个健康的女婴。休息几天后，她就穿着整齐的校服回到了学校。她给我看她女儿的照片，告诉我，她在女儿出生后抱了她好几个小时，接着，女儿就被领养走了。

"老师，我告诉她，我爱她……"

如今，在飘着初雪的寂静的清晨，我也生下了女儿。洁丝来看我了，她来陪我迎接我的"唐氏症宝宝"。

她赶在上学之前，一大早就来了。她对我说的那句话，是我曾对她说的："老师，上帝一定会眷顾你的女儿，请相信……"

我注视着她，会心地笑了。

过去这几个月来，我一直在教导她信赖上帝、信赖上帝的爱。她真的学会了，还把这功课牢牢地记在心底。如今轮到她用温和而坚定的语气，告诉我信赖的力量。

12年过去了。几个星期以前，我开着车停在路口，等红灯转绿。我瞥见洁丝也开着车，在我的车旁停下来。她的驾驶座旁放着婴儿座，里面卧着一个小宝宝。我朝她招招手，她轻按了一下喇叭。

红灯转绿了，洁丝的车往前开走了。我的"唐氏症女儿"和她的两个妹妹异口同声地问我："妈妈，那个阿姨是谁呀？"

我笑了，告诉她们说："那位阿姨是我的老师，是一个很好的老师喔。"

学生的恳求

那是烛光,在黑夜里点亮,
它照耀我那鲜活的梦想;
那是灯塔,在迷雾中闪烁,
它指引我踏上成功之路。

深深地挖掘我的知识之井,
不懈地开发我不朽的心智。
给我方法,给我工具,
让我看到那崭新的路径。
给我力量,让我相信:
只要坚持,梦想必能照进实现。

我要证明,没有达不到的目标,
请指给我正确的方向,
我要证明,每一道心障都能破除,
使我争取并获取胜利。
激励我,让我超越极限,
当美梦成真时,你就在我身边。

他为我种下希望

柯老师是我小学六年级的老师，也是我的第一个男老师。

开学第一天，我走进教室，看到柯老师坐在里面，心里觉得有点奇怪。我暗暗端详着他，心里猜测这个人会不会是新来的工友，可看上去又不怎么像，因为他穿着整齐的西裤、白衬衫，还打着领带；如果说他是老师，又未免太年轻了一些。

六年级时，我对学校和自己都已经不抱太大希望了。我明白我并不是个聪明的孩子，我的数学成绩一塌胡涂，美术作品也从来没有像其他同学的作品那样，被贴在公告栏上。老师经常提醒我保持课桌整洁，可我就是办不到，我还心里暗暗纳闷，为什么邻座的玛丽始终能够把桌面整理得有条不紊？我上音乐课时也唱得很投入，可就是经常跑调；踢球时，大家都不愿接纳我当队员。我从来没在学校出过彩，也没有什么要好的朋友。

其实并没有人故意伤害我——除了一两个取笑我个子小的同学以外。但是我自己心里有数，我是一个不怎么样的学生。

当我知道柯老师将是我的老师时，我有一点担心。我觉得男老师不像女老师那么和蔼，他们一定比较严厉，而且不像女老师那样，富有同情心。至少那是我当时的想法。那时我非常渴望有人同情我，而柯老师看起来并不像富有同情心的人。

我更加仔细地端详了他一阵。柯老师站起来，走到我的座位旁，伸出手对我说："我是柯老师，柯诺蒙。我是你今年的老师。"

我从来没有和老师握过手，但我乖乖地伸出手去。

"你叫什么名字？"

"杜凯瑞。"

"喔，我听过你的名字。"

糟了，我心里想。他一定听说我数学成绩不好，画页画得不怎么样。他知道我唱歌跑调，课桌总是乱七八糟。也许他还听说过我爸妈的事，知道我家里没钱，从来没去过迪斯尼乐园之类的地方……

但我不确定柯老师究竟知道我哪些事，我也从来没有问他，因为他对待我就像对待一个特别优秀的孩子一样。我猜他对每个同学都那么好，但我注意的只是他对待我的方式，那方式让我觉得很舒服，甚至有一些感激。

那年柯老师大学刚毕业，这是他当老师第一年。他常和我们一起做游戏，譬如下课时和我们一起玩，或是像大孩子一样和我们一起跑一起叫。我猜也许学校并不赞许老师们这么做。

那时我们已经不再踢足球，而改打橄榄球了。柯老师总是参加我们其中一个队，担任四分卫。他没让我们自己选队员，而是把我们分成两队。他自己有时参加这一队，有时参加那一队。

有一次，柯老师在我们这一队。比赛前，他对我说："凯瑞，我要你出来接球。你先到左边去，然后迅速跑过来，到中线的时候，我就会传球给你。"

柯老师一番话给了我极大的信心，我知道他打算传球给我，这表示他信任我。我一直以为我在橄榄球赛中的角色只是挡人，但柯老师并不这么认为。

当柯老师给我传球的信号时，我全神贯注地看着他，我的心跳得砰砰响。我一定要接到这个球，我要证明并不是只有身材高大、速度快的人才能接球——我也能！

大伙儿都虎视眈眈地想抢那个球，我像一列老式火车一样迟缓地移动着，但是我下定决心，我一定要先期到达目的地。

柯老师在球场的后半场，让大家想抓也抓不住他。有时他跑得离我们远远的，有时又近在咫尺，可你就是抓不住他。当他闪躲那些企图绊倒他的球员时，我也跑过中线了。

没有人会注意到我，没有一个人会以为我能接球。所以，当柯老师把球传给我时，大家都吓了一大跳。

柯老师这个球丢得可真有力，如果是平时，我可能会被这个球撞到。可是，今天我抓住了它，尽管它从我的两手中滑过，打在我的肚皮上，但我在它就要往外弹时，将它紧紧抱在胸口。

我接到了！可是，我这一兴奋竟忘了跑开，因此被另一队的马蒂抢走了。但从那时起，我真正爱上了橄榄球运动，我渴望在球场上奔跑，我甚至相信我可以成为全班最出色的球员。

我很喜欢柯老师，这一点是毫无疑问的。他会走到我的课桌旁观看我做功课。当他查看的时候，他会把手按在我的肩膀上。他的手非常重，有时会让我感到有些紧张。他会告诉我，你很不错，我很喜欢你，凯瑞。

从那以后，上课时我会主动举手，希望柯老师会走到我身旁。也许他的手需要找个地方休息一下，我希望它能停在我的肩膀上。

鼓 励

因为柯老师的缘故，我在学习上变得很用功。他告诉我，我是个好学生。我开始相信，也许勤奋和努力比聪明更重要。

六年级最后一堂课，柯老师给我们颁发奖状，那是一个令人兴奋的仪式。柯老师为每个同学都找到了一个获奖的理由，这让大家都觉得自己很棒。那天，最后颁发的奖项是"学习最用功男生奖"和"学习最用功女生奖"。

我心里想着，谁会得到这个奖项呢？我将整个教室环视了一周，我想：玛丽或者璞达可能是得奖的女生；男生呢？也许是山木或是丹尼吧。

"今天，获得'学习最用功男生奖'的是——杜凯瑞！"

听到柯老师这么宣布，我如坠云雾，怎么都不敢相信这是真的。

"杜凯瑞，快上来领奖啊。"

我从座位上站起来，绕过课桌，恍恍惚惚地向讲台走去。

"学习最用功男生奖"——奖状上是这么写的。虽然它只不过是一张油印的纸，可是它对我的意义要比一枚真正的金牌重大得多。

我妈妈也这么认为，因为那张奖状一直贴在我家最醒目的地方，一直到若干年后，我才小心翼翼地把它取下来，珍藏在我的书柜里。

捕捉彩虹

"爷爷,我们到了没有?"

"还没呐,小乖乖。"

潮湿的青草轻轻地划过我的手臂,有些痒痒的感觉。我跟着那双大皮靴趟出来的路,通过高到肩膀的野草卖力地往前走。

"到了吗,爷爷?"

"马上就到了。累了吗?若娜。"

"才没有呢。"我无精打采地把落在身上的虫子赶跑,又把头发上的小树枝拂掉,接着倔强地告诉爷爷:"我可以走上一整天!"

事实上,我真的快累死了。那些讨厌的野草,那些嗡嗡叫的蜜蜂,它们都是五岁的我最不喜欢的。但我很喜欢和爷爷在一起,我好爱他。我努力想跟上爷爷的步伐,但是耀眼的阳光让我眼前白花花一片。

"到了没有?爷爷。"我的声音开始带着哭腔。

"怎么啦?你不是喜欢跟着爷爷吗?"他转过身来,古铜色的脸上笑开了花。

"喜欢,可是……"我往软软的泥地一躺,开始哭起来。

"可是我想回家……我要看卡通片……我要妈妈!"眼泪顺

着我的双颊直淌下来。

爷爷俯下身,看着躺在草地上的脏兮兮的、一面哭还一面蹬着短短的双腿的小外孙女,他笑了:"唉呀,小乖乖,你这一哭就不漂亮啦。"他蹲下身子,把我抱起来,同时轻拍着我的背:"马上就到家啦。"

我在他的肩上放肆地大哭起来,他抱着我穿过高高的野草继续往前走去。可是过了一会儿他停了下来,我听到爷爷重重的呼吸声。

"看哪,若娜!"他指着前面的山谷说。

我转过头去,虽然一时止不住啜泣,还是不禁惊叹道:"好漂亮喔!我从来没有看见过这么漂亮的彩虹耶!"

"和以前看到的不一样吧?"

真的不一样!七彩的虹穿过层层黑云,发出绚丽的光芒。我呆住了。当然这不是我第一次看见彩虹,但是从来没看过这么近的。我努力伸出手去,以为可以抓住彩虹,摘下一片来。我挣脱爷爷的怀抱,不但把他头上的帽子扫了下来,还差点让他跌在地上。

"小乖乖,你要到哪里去呀?"他一面捡起帽子,一面笑着问我。

我叫着跳着:"我要那道彩虹,爷爷,我要摸摸彩虹!"

"真的?"

"对!对!"我一面叫一面朝山坡下跑去,顾不得脚步踉跄。一想到我能够把彩虹带回家,我兴奋得喘不过气来。

我一脚高一脚低地踩过野草,趟过一潭烂泥,甚至穿过一丛荆棘。我什么都不在乎,一心只想着怎样说服妈妈让我把彩虹留在家里。

我越跑越快，每次我觉得好像就要把彩虹抓到手了，就兴奋得尖叫起来。我的心开始越跳越快，几乎喘不过气来了，然而彩虹还是在那里向我招手，它绚烂地挂在天边，总是在我的前头。我在捕捉彩虹，捕捉那本来就不属于我的东西。

我突然停下来不跑了，头发被汗水漉湿了，牢牢地贴在我红通通的脸上。我转过头去，看到爷爷朝着我跑过来。

"彩虹跑掉了，爷爷。"我委屈地对爷爷说，喉头一紧，快要哭出来了。

"还在那儿哪，若娜！"他说着，把我抱起来。

"我知道，可是它跑到篱笆那头去了。"我拍了拍爷爷的脸颊提醒他，用手搂住他的脖子，撒娇地说："我要彩虹嘛——"

"若娜乖，可那彩虹不是咱们的。"他轻轻地把我放下来。

"真的吗？爷爷？"我拉扯着他的牛仔裤，想让他看着我。

"真的，小乖乖。"他微笑着，把我柔软的小手握在他多茧的大手中，祖孙两人慢慢朝着山谷中那片家园走去。

我心里觉得好受一点了，我又大踏步走起来，嗲声嗲气地问爷爷："我可以戴你的帽子吗？"

他咧开嘴笑了，蓝眼睛里闪着光。爷爷把帽子扣在我的头上，慈祥地问我："怎么？你也要开爷爷的耕耘机对不对？"

我点点头，帽子滑下来，盖住了我的眼睛。我咯咯地笑了。快到家了，我再一次转过头去，再看一眼那道彩虹，彩虹的颜色似乎淡了一些。我转过身来，紧紧抱住爷爷的大腿说："也许有人比我更需要那道彩虹吧？"想了一下，我又自言自语地说："对，一定有人比我更加需要那道彩虹！"

鼓 励

  15年过去了，陪爷爷散步不知有几百几千次了。可是，此刻我坐在汽车里，穿过繁忙的街市，想起那个捕捉彩虹的日子，眼里噙着泪水。

  车上的人都流着泪——妈妈、弟弟和我。爷爷快要去世了，他的护士在电话里告诉我们说，我们来不及看到他了。即使我们能在爷爷断气前赶到，他也不会有知觉了。我觉得我的世界好像要崩溃了。

  妈妈在车阵里飞快地开着车，穿过喇叭声、红绿灯，还有倾泻而下的大雨。妈妈技术娴熟地开着，将汽车开得飞快，我们都希望能够见爷爷最后一面。

  我默默地祷告，我祈求上帝让我们及时赶到医院，让我们能够再和爷爷说话，能够和他道再见，能够告诉他，他不久就可以与耶稣相见了。我也要告诉爷爷我爱他，我会想念他。

  我两眼无神地从车窗望出去，看着那一帘灰色的雨幕，开始怀疑起来。我心中所想的只是：如果看不到爷爷，我该怎么办？怎么办？我感到恐惧充满了整个心身，我虔诚地向上帝祷告，求上帝再给我一次机会，让我和这个温和、慈祥的朋友再相聚一次。

  我向上帝祈求一道彩虹。

  我的心空荡荡的，再也不能用任何语言祷告了。我只求一道彩虹。

  不知道为什么，我看到那倾盆而下的大雨，我觉得只有彩虹能改变这一切，只有上帝亲手创造的那一道七彩的、弯弯的彩虹能够安慰我的心。我又开始捕捉彩虹了，在心里。

  我希冀看到那一道彩虹，好作为一种证据，让我知道她听到了我的祷告。但是，好几个小时过去了，我什么也没看到，天空中只有飘忽的云。

有一阵子，我愤怒了，我在心里质问上帝，为什么不应允我这个简单的祈求？你不是给了挪亚彩虹吗？你给了挪亚彩虹，应允他你会永远和他在一起，再也不离开他，不抛弃他；可是，现在，上帝啊，你在那里？

天渐渐暗了，我在隆隆的车声中昏昏睡去，直到"砰"的关车门声把我惊醒。妈妈轻轻地搂着我，她的脸写满了疲惫和哀伤。我们急匆匆地跑进医院，满眼的白色使我想到病痛与死亡，但我还是焦急地随着妈妈往前走去。

姨妈迎了上来。不等我们开口问，她就告诉我们："老人家还在，但是神志已经不太清楚了。"我们互相紧紧地拥抱，至少、至少爷爷还活着！我们一起走进爷爷的病房。

突然，姨妈想起什么似地站住了，转过身来，她的脸霎时闪着亮光，对我们说："姐、若娜，几个小时之前发生了一件很奇怪的事情。那时老人家还清醒着，只是呼吸很困难。"姨妈说着，靠在墙上，寻找着适当的措词。

"他好像有些着急，那时这里正是暴风雨，那些厚重的黑云和豆点大的雨好像让他很不舒服。可是突然间，不知从哪儿来的，眼前出现了一道彩虹，就好像是从窗外穿墙进来一样。彩虹出现后，老人家的痛苦明显地就消失了，他渐渐地平静下来，后来就睡着了。那道彩虹就像是直接从天堂挂下来的一样，真的是很不寻常。我从来没见过这种情形呢。"

可是我见过！我真的见过——大约在15年以前。

我走进病房，看到爷爷身上插满了管子。爷爷的每一次呼吸

都极度困难,但我心里充满了平静和安详。我明白了当年那个不懂事的小女孩为什么摘不到彩虹了——因为万能的上帝知道,有人比她更需要这道彩虹。

尽管医生和护士都相当确定地告诉我们,爷爷可能过不了那晚,但奇迹般的,第二天爷爷竟然好了一些。赐恩典的上帝让我可以和爷爷共度星期六一整天——多么美好的一天啊!我们细细地回忆多年来共享的快乐时光,有时我们大笑,有时还互相打趣一阵——虽然有时我情不自禁地跑出病房号啕大哭,似乎我的生命也将就此告一段落,但擦干眼泪回到病房,我又继续陪着爷爷说说笑笑。

到了必须离去的时刻,我一如20年来所做的,用双手紧紧圈着爷爷的脖子,告诉爷爷我多么、多么的爱他。爷爷也用虚弱的手回抱我,并用低微的声音对我说:"小若娜,爷爷也好爱你!"这是爷爷一向表达爱的方式。我抱着爷爷久久不愿松开,心里悲哀地想着,这可能是我最后一次搂着爷爷了。

一个星期之后,爷爷去世了。

爷爷走了八个月了,每每回忆起和爷爷相处的时光,悲伤仍像利刃一样刺着我的心——那无数次的晨间散步、棋盘对弈,还有总也说不完的笑话。当我思念爷爷而内心感到忧郁时,眼前总会浮现那道来自天堂的彩虹,还有彩虹映照下的爷爷那亮亮的眼神。我更加相信,上帝一直与我们同在。

我知道有一天我还会和爷爷相聚,继续漫长的晨间散步,并且天真地捕捉那道灿烂的彩虹。到那时,我敢打赌,我一定可以得到那道彩虹的——因为我知道,我们就在那儿。

奶奶的花园

每年,奶奶总会在她的花园里种几株郁金香,然后用孩子一般兴奋的心情,期待着春暖花开。在奶奶的细心呵护下,每年四月,这些郁金香总是开得蓬蓬勃勃的,从来没有让奶奶失望过。但奶奶还是常说,真正装点她生命中的花园的,不是那些郁金香,而是她的宝贝孙儿们。

我差点成了例外。

我16岁时,爸妈让我搬去和奶奶一起住。那时爸妈住在海外,我则是一个让人头痛的问题少女。我的脑子里整天装满稀奇古怪的想法,老是为爸妈不理解我而气鼓鼓的。那段时间,我很不快乐,以至于自暴自弃,打算从高中退学了。

奶奶是个袖珍型的妇人,比她的子女、甚至未成年的孙儿们都矮小,但她仍然保持着属于她自己的古典美。她的头发颜色很深,总是梳得整整齐齐。她的眼睛是清湛的蓝色,时时闪烁着活力。她对家庭十分忠诚,像小孩一样守护着她的小天地。但我仍然以为,对付奶奶要比对付爸妈容易一些。

我不声不响地搬进奶奶那栋毫不起眼的农舍里,两眼老是盯着地下,就像一只受虐的小狗。我对任何人都不抱希望,把自己包裹在自怜自爱的厚茧里。我不允许任何人侵入我的内心世界,

因为我害怕别人窥见我内心的脆弱和不安。我坚定地相信,生命是一场艰苦的战斗,最好是单独去拼搏。

我一点也不希望能从奶奶那里得到什么,只要她不管我就行了。我也决定不接受她给我的任何东西,但是奶奶不会放弃我。

学校开学了,我偶尔也会去上上学,大部分时间则是穿着睡衣,两眼无神地盯着房间里的电视荧屏。奶奶不管这些,每天早晨她总是神采奕奕地冲进我的房间,就像那不受欢迎的阳光一样。

"早安!"她大声说着,高高兴兴地把我房间的窗帘拉高。在突然泻进的强光的刺激下,我赶紧用毯子裹住头脸,不理她。

我只要一离开自己的房间,奶奶就会一叠声地问我觉得身体怎么样,对一些时事有什么看法等等。我总是哼一声混过去,但她从来不因此而失望。她的反应总是那么热烈,好像我的回答对她有很大启发似的。她专心致志地听着,好似听着什么人的秘密。有时我的回答长一些,她就会高兴得拍手张嘴微笑,好像我送了她什么厚礼一样。

起先我以为她太笨了,笨得不了解我的意思。事实上,尽管她所受的教育并不多,但她拥有的知识并不贫乏,仍然有着天生的智慧。奶奶13岁就结婚了,那时正值经济萧条,在艰难的经济环境下,她带大了五个孩子,这当中她学到了许多人生的智慧。她先是在别人的餐馆里做厨师,后来有了一些积蓄,就自己开了一家餐馆。

所以当她坚持教我烘面包时,我并不觉得意外。我的手脚笨极了,奶奶总得在我做到一半时接过手去。可她还是不让我离开厨房,一直到面包揉好,等待发酵。只有在这时候,她的注意力才会从我身上移开，我也转过身去欣赏窗外的花园。

慢慢地，当我感受到奶奶不因我的古怪行径而嫌弃我时，我开始主动找她说话了，我甚至经常暗暗期待和奶奶交谈的时刻。

话匣子一旦打开，就关不上了。我开始循规蹈矩地上学，放学后就飞快地赶回家。这时候，我总会看到她坐在家里那个老位置上，微笑着等着听我告诉她学校里那些芝麻绿豆的事儿。

高二那年的一天，我飞快地从学校跑回奶奶身边，向她宣布一个好消息："我当上了校刊的主编！"

奶奶倒吸了一口气，下意识地用手捂住自己的嘴巴，接着她用双手紧紧地抓住我的手，我看到聊她眼里亮闪闪的泪花："我的好孙女儿！我以你为荣！"

奶奶的话深深地震撼了我，使我久久不知如何反应。这句话比1000句"我爱你"对我的冲击更大，也更加让我感动。我明白她的爱是无条件的，但我也知道，这个"以我为荣"却是我自己赢得的。我开始发掘生命深处的那些值得发扬的优秀品质，她让我内心觉醒，让我愿意更深刻地观照我自己，并乐意让别人了解我的脆弱。

我决定要像奶奶那样，精力充沛而且乐观向上地活着。我心里忽然充满强烈的渴望，想要好好探索这个世界，探索自己以及他人的心灵；并且像她那样，毫无拘束、没有条件地爱别人。并不是因为她是我的奶奶，而是因为她教导了我怎样爱自己、如何爱别人。

奶奶去世时正值春天，大约在我搬去和她同住后两年，也是我高中毕业前的两个月。

奶奶临终前，儿女和孙辈们都围着她。大家手拉着手，一同

纪念奶奶充满爱与喜乐的一生。在她离世前,每一个人都轻轻地走她面前,俯身向她吻别。轮到我时,我轻轻地吻了她的脸颊,执起她的手,轻轻地对她说:"奶奶,我的好奶奶,我以你为荣!"

现在我快大学毕业了,我常常想着奶奶的世界,也希望她能以我为荣。她对我的耐心和爱心,让我从一个叛逆的少女变成了一个心中充满阳光的人。

此刻,望着花园里盛开的郁金香,我想:我们都应该像这一园的郁金香一样,生气盎然地活着,让奶奶永远不会对我们失望。

小城温情

九岁那一年,家里需要我赚点钱以贴补家用。我问镇上的报社老板密先生,可不可以给我一份送报的工作?他说如果我有一辆自行车,他就答应我。

那时,爸爸一个人做了四份工作。他白天制作霓虹灯招牌,下班后帮花店送花;晚上八点之后,他变身成计程车司机,直到半夜才拖着疲惫的身子回家;到了周末,他又要挨家挨户去拉广告。

为了让我获得那份工作,爸爸给我买了一辆二手自行车,还来不及教我骑,就患了肺炎住进了医院。好在报社老板密先生也从来没有要求我骑车给他看,他只要知道我有自行车就行了。我推着自行车去他家去让他看一眼,我便得到了那份送报的工作。

开始时,我把装满报纸的袋子挂在车前的把手上,推着车一路走一路送报。可是车子载上报纸沉甸甸的,推起来实在不容易。几天后,我索性向妈妈借用她买菜用的两轮手推车。

推着自行车送报是很不方便的,你只有一个把报纸丢出去的机会,万一报纸没有准确地落在台阶或走廊上,那就糟了。但因为我用的是手推车,我可以把车子停在路旁,然后再将报纸放在恰当的地方。如果订户是在二楼,要是我没能准确地丢上去,

还可以捡起来再丢一次。到了星期天，报纸厚厚的一大叠，我就一份一份地送上楼。下雨天，我则把报纸塞进纱门或放在公寓大楼的前厅里。下雨或下雪时我总会用爸爸的大雨衣把手推车盖起来，这样报纸就不会淋湿了。

推着手推车送报比骑着自行车要花更多时间，但是我却不在乎。在送报的过程中，我可以看到社区里的每个人——有来自意大利的，也有来自德国或波兰的。他们大多在工厂里做工，他们都对我和气极了。在我送报的路上，要是看到什么好玩的、有趣的，譬如说哪一只母狗生了小狗，或是哪家的花园里的花开得灿烂，我就会停下来看上好一会儿。

爸爸出院以后，又开始白天的工作。但是他的身体实在太差了，再也做不了其他工作。这样一来，我们所能赚到的每一分钱都变得非常重要，因此我只好把自行车卖了，反正我也不会骑，所以也就不很在意卖自行车的事。

密先生很可能已经知道我并没有骑车送报，但他什么也没说。事实上他很少对我们这些报童说话，除非是谁犯了错——例如错过哪一家顾客或是把报纸投到泥潭里之类的。

八个月当中，我从36家送到49家，大部分都是原先的顾客把我介绍给他们的邻居们。有时我在街上走着，也会有人把我叫住，要我也给他们家送报。

星期一到星期六，我每送一份报就得到一分钱，而星期天则可以得到五分钱。我每个星期四傍晚去收报费，由于每个顾客都会多给我五分或十分钱，因此，我从顾客那里收到的小费几乎和我的工钱一样多。这很不错，因为爸爸还是不能太劳累，我必须把大部分的工钱交给妈妈。

1951年圣诞节前的那个星期四的傍晚,我按响了第一家订户的门铃。虽然房子里的灯亮着,却不见有人来开门。所以我就去第二家,还是没有人开门。第三家、第四家都是这样。不久之后,我几乎将每一家的门都敲遍了,将每一家的门铃都按遍了,奇怪的是没有一个人开门。

我开始焦急起来:星期五我得把报纸订费交到报社去,虽然那时圣诞节已经快到了,我还是没有想到这些人可能都外出购物去了。

所以当我听到高家有音乐和说话的声音传出时,我高兴坏了。我连忙按了门铃,门很快就开了。高先生看到我,笑呵呵地,大手一伸,把我拖进房子里去,搞得我丈二和尚摸不着头脑。

高先生家的客厅里挤满了人,我那59家订户几乎全在这里了。客厅正中摆着一部崭新的自行车,车身是鲜红色的,还挂着车灯和车铃。手把上还挂着一个大大的帆布袋,五颜六色的信封从布袋里冒出头来。

高先生对我说:"这辆车子是大伙儿一起送给你的!"

信封里装的都是圣诞卡,还有那个星期的报费,里面包括一笔慷慨的小费。我呆住了,不知道该说什么。最后,一位阿姨请大伙儿安静,她和气地领我走到客厅中央,对我说:"你是我们遇到的最好的报童,你从来没有错过任何一天没送报,从来没有晚送过,从来没把报纸弄湿。我们常常看到你不管是下雨或是下雪,总是推着那辆小买菜车帮我们送报,所以我们想你应该有一辆自行车!"

除了红着脸,除了一再地说"谢谢"之外,我什么都说不出

来，我的喉头哽咽了。

回到家以后，我把收到的钱算了一遍，我得到的小费竟然超过100美元！这笔意外之财简直让我成了家里的英雄，也让我们全家实实在在地过了一回"奢侈"的圣诞节。

我的顾客必定是给密先生打了电话了，因为第二天我到报社取报纸时，他居然在外面等着我："明天早上10点把自行车推到这儿来，我教你骑吧。"我高兴地答应了。

当我的车技熟练后，密先生要我多送一条路线，有42家。骑着自行车送两趟报比推着买菜车送一趟花的时间还少。

但是到了下雨天，我还是走下自行车，小心地把报纸送到淋不到雨的地方去。如果不小心没把报丢上前廊，我还是一如既往地走下车来，把报纸捡起来重新放在前廊里面。

高中毕业以后，我服役了。我把自行车送给弟弟泰德，此后就不知道它的下落如何了，但这群好意的订户给我的另一份"礼物"却让我一辈子受用不尽，那就是：以我的工作为荣，即使这份工作是很卑微的。

拾起碎片

九年级那年,我的"男朋友"移情别恋,居然偷偷和我最好的朋友约会了。

记得前一天他还和我亲亲热热地在学校里散步,第二天,他的身边却换成了我的好朋友。

他只冷冷地对我说:"咱们分手了。"紧接着又说:"现在我和甜甜在一起。"甜甜就是我最要好的朋友。

我不知道怎么"处置"这件事,我不知道该有什么想法、该有什么感觉——我应该对他生气吗?我应该怨恨我的好朋友吗?我要怎样跟我那一帮死党解释呢?

有一点是很清楚的:我浑身痛到极点。没有一个人——连我的爸妈、兄弟姐妹、死党都不了解我受到的伤害有多深。我不想上学,不想踢足球,什么事都不想做。我只想一个人呆着,不跟任何人谈起这件事——更不用说是跟爸爸妈妈谈了。

但爸妈并没有因为这样而不管我,他们时不时地问我一声:"你想不想说说有什么事烦着你?"

"我不想说!"我哭着喊出来。

"说出来,你会好受一些的。"妈妈提醒我。

"还不是我那个好朋友。我不会有事的。"我告诉妈妈,希

望这样应付一下就不需要再解释什么了。

妈妈没有再问什么。显然,她认为我想说的时候自然会告诉她,不想说的时候问也问不出什么。那一阵子,爸妈对我特别和气,也尽量给我需要的空间,例如有时候他们让我在我的房间里吃晚餐,而不需要到餐厅来。

大约一个星期以后,我还是一天到晚地泪水涟涟,妈妈终于忍不住了:"孩子,妈知道你不好受,我想我们必须谈一谈。"

"妈,"我抗议道,"我说不出来,我太难受了!"

"是的,孩子,我看得出你很难过。"

"事情为什么会变成这样呢?"我无助地问妈妈。

"你感到痛苦,这是因为上帝让你知道你的心碎了。"

"我不需要上帝告诉我我的心碎了。"

妈妈柔声安慰我:"最好把所有的碎片都交给上帝,上帝会帮助你修补的。如果你不把碎片都交给上帝,上帝怎能帮你修补呢?"

我牢牢地记住了这句话:"如果你不把碎片交给上帝,上帝怎能帮你修补呢?"

另一种胜利

这是我们学校新成立的游泳队今年第一次参加比赛。我们搭了三小时车到比赛地点去，一路上气氛热烈极了。48个队员一心只想着：胜利！胜利！

可是等到我们下了车，看到对手个个身高体壮，比我们大了好几号，这种兴奋的气氛一下子烟消云散了。

教练核对了一下比赛的时间，心里想："一定是他们搞错了。"可是时间表显示，比赛时间、地点一点也没有错。

两队队员沿着游泳池排成一列。哨音响了，比赛开始了！可是，一会儿，我们就落后了。这时候，教练才发现有一项比赛我们队没有派出选手。

"同学们听着，有谁要参加500米的自由泳比赛？"教练问大家。

好几个人举起手来，包括李嘉士。他说："教练，我想参加！"

教练低头看了看李嘉士长着雀斑的脸，说："嘉士，你知道这场比赛得在游泳池游20个来回，可我只看过你游8个来回哩。"

"教练，我行的！让我试试看吧，多12个来回不算什么。"

教练迟疑了一下,答应了。他想:反正贵在参与,不求获胜。

哨音响了,对手们身手矫捷地跃入池中,仅仅四分五十秒比赛就结束了。那些获胜的选手们聚在池边聊了开来,就等着我们的队员挣扎着游完。又过了整整四分钟,我们的最后一个选手终于筋疲力尽地爬上岸——慢着,嘉士还没游完呢。

游泳池里,只见嘉士一边吃力地划着水,一边换气。看样子他很可能随时会沉到水底去,但似乎又有什么支撑着他顽强地往前游。

"那个教练为什么不叫这孩子别游了呢?"一旁的家长们悄声议论着。"他看起来好像快支持不住了,而且比赛早就有了结果。"

但有一件事是这些家长们不知道的,实际上真正的比赛才刚刚开始呢——这是让小男孩成为真正男子汉的比赛。

教练朝着这个小选手走过去,蹲下身对校选手说着什么。

家长们松了口气,心想:教练终于要把这孩子拉上岸了。

然而,令他们大感意外的是,教练慢慢地从池边退开,小选手仍然一个劲儿地往前游。

一名队员受到这个勇敢的队友的鼓励,忍不住跑到池边,随着嘉士的前进往前走,大声地为他打气:"嘉士,加油!你一定做得到的,一定做得到的!往前游,别停下来!"

接着,第二个、第三个队友凑上前去,到后来全队的队员都过来了,大伙儿沿着游泳池走着为嘉士加油,一直到嘉士游完全程。

对方的游泳队员看到这情形,也凑上来为嘉士加油。学生们的热情极大地感染了观众席上的家长,他们也纷纷站立起来鼓掌、叫喊、祈祷。整个游泳馆里充溢着活力与热情,大家"敌我不分"地为这个游泳小将打气、加油。

比赛开始12分钟后,小嘉士终于游完最后一个来回,从游泳池里爬了上来。虽然他精疲力竭,但满脸笑容。

方才第一个游完的选手上岸时,固然也得到了全场的掌声,但此刻嘉士上岸时,全体起立所给的掌声证明了嘉士所得的胜利更难能可贵,那是他坚持到"最后"的决心与毅力。

爸爸的红色卡车

我爸爸非常喜欢汽车，不论是汽车修理还是汽车保养，他样样都会；每一部汽车的声音、气味甚至脾气，他也都一清二楚。对于让谁开他的宝贝汽车，他可是挑剔得很。因此我16岁考到驾驶执照时，每次开着爸爸心爱的汽车在外面跑，心里总感到有点忐忑不安。

爸爸有一部红色小卡车、一部大轿车和一部敞蓬车，每一部汽车的性能都是一流的。爸爸无法容忍任何人开车粗心大意，如果粗心大意的是他的孩子尤其如此。

一天下午，他吩咐我开他的卡车上街买些东西。那时，我刚拿到驾照不久，挺喜欢让人看到我开车的，尤其开着爸爸的红色小卡更是神气。我小心翼翼地开车上路，每次经过路口，都分外注意红绿灯，尽量如爸爸所教训的小心、小心、再小心。光是想到万一开着这部红色小卡车闯祸会有多么恐怖，就足以让我诚惶诚恐了。我甚至想都不敢想那个"万一"。

我刚通过一个绿灯，在一条大街的十字路口中央，一位老人突然闯过面前的红灯，朝着我的车冲来。我赶紧踩住煞车，车轮正好辗过一段平滑的路面，车子打了几个转，撞向路边，整部卡车侧翻了过去。

我吓呆了！我的脸被震碎的玻璃刮伤了，鲜血直流，但因为系着安全带，并没有受到更严重的伤害。我有点担心车子会着火，一会儿又想到引擎熄火了，这让我稍稍放心下来。不久，我听到尖利的警笛声。我正担心不知道要困在车里多久，马上就有两个消防队员来把我救了出去。他们让我坐在路边，我两手抱住头，脸和衬衫上沾满了鲜血。

这时候我才有机会看看爸爸的红色小卡。车体已经刮痕斑斑，而且凹了好几个大洞。我很惊讶自己竟还可以保住一条小命。但一会儿我又希望事实恰恰相反，因为我实在不知道如何面对爸爸，爸爸看到他心爱的小卡车撞成这样，我简直不敢想象他的反应。

我们住的城镇不大，看到这场车祸的人很多都认得我。一定是有人告诉爸爸了，因为我被救出来不久就看见爸爸向我跑来。我闭上眼睛，不想看爸爸的表情。

"爸，对不起——"

"德莉，你还好吧？"爸爸的声音并没有我预期的那样恐怖。我抬起头，看到爸爸蹲下身来看着我，用手轻轻摸着我的脸，审视着我的伤口。"很痛吧？"

"还好，爸，我真的很抱歉把你的车子撞坏了。"

"别管车子了，那只不过是一堆零件罢了。我关心的是你，不是车子！你站得起来吗？要是用不着救护车，爸载你到医院去好吗？"我摇摇头说："用不着救护车，我觉得还好。"爸爸小心地用手撑在我的腋下，扶着我站起来。我有点心虚地看了爸爸一眼，出乎意外地，我在他的脸上看到的是爱怜和关心。

"我还好，真的。其实我们可以回家，我觉得不需要上医

院。"

最后我们采取了折中办法,到家庭医生那里去。医生把我的伤口清理了一下,贴上纱布,就让我们离开了。

我不知道那部卡车是什么时候被拖走的,甚至那个晚上做了什么、躺在床上多久才睡着都不记得了,我只记得有生以来第一次清楚地感受到爸爸是那么的爱我。爸爸爱我远远超过爱他的车子,也远远超过我的想象。

那天以后,我和爸爸的关系有起有伏,我有时候还是让他很失望、很生气,但有一个事实一直根植于我的心中,那就是爸爸以前爱我、现在爱我,在我的有生之年,他也会一直爱着我!

严厉的老师

妈妈是镇上一所中学的英语老师,她相信教育是提高个人素质的主要途径,也相信严格管教是教育的重要部分。在我们居住的小镇里,几乎每一个九年级的孩子都是她的学生。妈妈对学生十分严厉,她坚信她这么做是有理由的。她主张每一个人都必须具备一定得文化素质,最起码要看得懂报纸、能够正确地拼写。然而,她的许多学生却并不这么认为。

我注意到妈妈并不是一个受欢迎的老师。即使如此,我还是相当钦佩她。妈妈在一个农场长大,我的外祖父一辈子也没有机会做这个农场的主人,他只是租下农场的土地种植棉花,同时种植一年一度的粮食。他的13个孩子也需要帮忙采摘棉花,而这些工作都繁重得能够把人的腰折断。就算如此,依然没有人抱怨。

妈妈最喜欢的一句格言是:"如果挫折没有让你彻底趴下,就一定会让你变得坚强。"我知道妈妈十分坚强。的确,那些重活不但没有让她累得趴下,反而铸就了她的坚韧。

我记得有一天,我和一个初中同学到镇上的小店买午餐。那天,那家店里挤满了学生,大部分都是妈妈那所高中的学生,其中有一个男生帅呆了。我知道他是谁,却怎么也不好意思和他打招呼,我只是默默地站在他的身边。以后每每想起这件事,我都

在心里说，我曾经与他挨得那么近。

他在嘈杂中大声地跟他的同学嚷嚷着。我想听清楚他说什么，哪怕一个字都不想漏掉。我尽量地挨近他，一直挨到他身旁。我转过身去，对我朋友使了个眼色。

那个男孩子的声音越来越清晰，一直到我可以一清二楚地听到他说的每个音节。那些字都不是很客气的字，有些还是13岁的我从没听过的，是一些粗野的字眼，看来是有人大大地得罪他了。我专心地听着，突然明白过来，原来他谈的是我的妈妈。

虽然我自己对妈妈过度严厉的管教而不满，但仍觉得这个男生的批评太过火了。我忍不住拍了拍他的胳膊，直截了当地对他说："喂，你说的正是我妈妈。"

他转过身来望着我，从他的眼神我看得出来，不管我向他提什么要求他都会毫不犹豫地答应的。他的脸胀成了猪肝色，上面写满了恐惧。他在想，要是我把听到的话告诉妈妈，他会有什么下场？接着，他语无伦次地央求我，千万不要把这件事告诉妈妈："你不知道，她会对我怎样？我还想在这一科得个甲呢。我只是很生气，我并不是那个意思。她要是知道我这么说，肯定会杀了我！拜托拜托拜托，千万别告诉她！"

我没吭声，转身离开了。我理解他的恐慌，我不会告诉妈妈的。我怎么会把这些不堪入耳的脏话告诉妈妈呢？

在那之后，我常常觉得妈妈像是一个女暴君。我明白她是一个好老师，她希望她的学生学到真才实学，但我仍然相信那个男生说的话很多是对的。

多年之后，我自己也成了妈妈的学生。那一年可不好过，大部分时间我都被罚坐在教室后面，因为我上课时太爱说话了。

就在那一年快结束时,有一天我和妈妈从一家杂货铺走出来,有一个年轻人在人行道上叫住了我们。这个年轻人穿着帅气的海军制服,显得神采奕奕。我隐约记得这个年轻人是我们学校去年的毕业生。

我听着他和妈妈的交谈。他说:"麦老师,我应该向您道歉!在您的英语课上,我让您伤了不少脑筋。"妈妈点点头,对他的道歉表示接受。"那时我满脑子只有橄榄球,可是您不放过我,我正是为这个讨厌您的。但是您是为我好,您希望我们能够学到真本事。后来我努力学习,当然是为了达到参加球队的标准。遗憾的是,我最后也只得了个丙。"年轻人不好意思地笑了。

妈妈回想着,也露出淡淡的微笑。

"我只是要让您知道,您真的让我学到了很多。高中毕业以后,我加入了海军,因为我是部队中唯一拼字拼得准确、也懂文法的,他们就让我担任文书。麦老师,您知道吗?其他的士兵几乎都被送到越南去了,很多人再也没有回来。今天我还得好好的,都是因为您的缘故。谢谢您的严厉!那时我真不听话,实在很对不起!"

妈妈欣慰地笑着,鼓励他继续学习。

我愣住了,妈妈的严厉竟然救了这个人一命!我详细地询问这个年轻人的情形,感动得流下了眼泪。妈妈马上板起脸来教训我说,流泪是脆弱而愚蠢的举动。不错,她曾经告诉过我,哭解决不了任何问题。

在回家的路上,我瞥了妈妈一眼,正好瞧见妈妈装作没事似的擦去眼角的一滴眼泪。

那天以后,我觉得妈妈不是暴君,而是一位可敬可亲的母亲了。

篮筐下的爱

大约15年以前,在南加州的一个体育馆里,两个女子篮球队正在进行一场激烈的比赛。

对许多人而言,那只不过是一场普普通通的球赛罢了。当时的情景也许早就别人的记忆中消失,或者变得模糊了,但我要告诉你,这却是我终生难忘的一场比赛。

我们的对手是整个联盟里最强的女子篮球队,她们不管在身高、技术或者战术纪律上都高人一筹。相形之下,我们队就显得微不足道,队员个子矮小、经验欠缺。我们知道胜出的机率微乎其微,但还是勉强为自己打气说:"全力以赴吧,至少不要输得太惨!"

比赛开始了,我发现我们的表现并不如预期的那么不堪。我们落后是落后,但始终只差几分而已。在第二节里,我们有好几次甚至与对方打成了平手。中场休息后,两队开始交替领先了。到了这时候,鹿死谁手还真看不出来呢,事实上我们打败这支最佳球队的可能性还挺高的。

最后一节只剩下19秒钟时,我们只落后一分。

这时,对手正要将球运向她们的前场。我突然加速越过中线,和对手面对面。两个人的距离很近,我心里响起一个声音:

"我一定要把这个球断下来!"可是我没有时间想了,只能迅速做出反应,对手就在几寸之外。我伸过手去,一把揽过球来。很意外地,球竟然已到了我的手中。这一来,我手中握着的不只是这个篮球,而是比赛胜负的关键。

我迅速把球运到我们的篮下,使尽吃奶的力气把球抛向篮筐。那时,我的肾上腺素必定急剧分泌,把我整个身体弹到了场外。我转过身来,透过透明的篮板,我看到那个球在篮框上转了一圈、两圈、三圈……到了第三圈,球便从篮框外掉了下来,落在那个被我断了球的女孩手中。唉呀——球没进!

我呆呆地站在那里。几秒钟后,哨声响了,比赛结束了,我们以一分之差输了这场球!

我拖着沉重的脚步,往我们队的休息区走去,半天回不过神来。看到队友,我的眼泪不争气地流了出来。我对不起她们!都是我害的!当我看到教练时,更是羞愧得无地自容。我不要她看到我,我想钻进地洞,消失得无影无踪。我不断地责怪自己:"我怎么可以做出这种让她失望的事呢?"

我的篮球教练是我生命中最重要的人之一。她是我心目中的女英雄,是我一生中最钦佩、而且决心要向她看齐的人。我爱她,不只因为我看到她生命的品质正是我希冀的,也因为她也发现了我身上的闪光点。那时的我,一个14岁的瘦瘦小小、戴着眼镜的女孩,从来没有奢望过有谁会特别关注我,并且发现我的特别之处,但是我的教练看出来了。

赛后的喧哗稍稍平息后,我去洗手间洗了一把冷水脸,调整一下我的情绪。我需要避开我的教练,因为她在我身上看到的特质已在顷刻间消失了,我是个失败者!每一个在体育馆的人都

鼓 励

目睹了这个事实。事实已经证明，我没有一点什么特别！虽然我知道我终究是要面对她的，但我希望这尴尬的一刻能尽量往后推延。我得先做好心理准备，怎样去面对教练，怎样面对平庸的我这个现实。

几分钟以后，我走出洗手间。在走廊上，我深吸了一口气，挺起胸膛，尽量地武装好自己，去面对所有目睹我的失败的人。当我走到体育馆的双重门时，我看到外面的门开了。我全身僵直，屏住呼吸。

门开处，我的教练站在那里！

我的第一个反应是，找个地方躲起来！但是走廊就那么一点点宽，我是躲也躲不掉的。有好一阵子，我们默默地注视着彼此。当我走到离她只有一寸远时，我只能对她说："对不起！"我的声音小得像蚊子叫似的。

这时，教练俯下她六英尺高的身体，用她那温暖的双手搂住我，把她的头向我靠过来说："我绝不会让任何人取代你！"

我把教练的话复述了一遍："我绝不会让任何人取代你！"几秒钟以后，我才恍然领悟到这句话的含意。我的教练就是用这短短的一句话，让我的心里充满了被爱的幸福感。

那天晚上，她只对我说了这一句话，但已经非常、非常足够了。

苏斯博士

不要一味地迷信原来的路,要勇于开辟一条新道路。

——佚名

小西奥多·吉赛尔同许多孩子一样,喜欢胡乱涂鸦,他经常在地上会墙壁上画一些稀奇古怪的画。然而读高中时上美术课,老师却对他说:"将来千万不要以绘画为生,你绝不可能成为一名画家。"

毕业后,吉赛尔去往声望颇高的长春藤名牌学院——达特茅斯学院学习写作,他暗自思量,除了画家之外,兴许自己能成为一名作家。不幸的是,老师又一次建议他换专业,原因是他无法领悟写作的精妙。

在同学们中,吉赛尔也被公认为是最不可能成功的。尽管如此,吉赛尔还是不改初衷,一幅一幅地画那些奇怪的画,一个一个地写那些滑稽的故事。他将书稿分别寄给27家出版社,不出所料,27家出版社都一致否定了这些在他们看来没有市场的作品。

让人意想不到的是,苏斯博士诞生了!西奥多·吉赛尔就是后来大名鼎鼎的儿童文学作家苏斯博士。第28家、也是唯一一家乐意出版吉赛尔作品的出版社颠覆了以前大多数人的看法,正是

　　这个从小爱涂鸦、被认为与绘画、写作无缘的小男孩，在以后的有生之年完成了48部深受儿童喜爱的作品，并被翻译成20多种文字，全球畅销200多万册！

　　很多人认为西奥多·吉塞尔是一个失败者，有时候他自己也这样认为。但有人发现了别人忽略的闪光之处，使他最终成为享誉全球的成功者。

一条蓝绶带

> 一道门关上了，另一道门却为我们打开。令人惋惜的是，我们总是把心思放在那扇关闭的门上，而看不到那敞开的。
>
> ——亚历山大·格拉汉姆·贝尔

纽约某中学的一位老师决定要表彰她班上的每一位学生，让他们知道自己有多么优秀。于是，她逐个把学生叫到教室的前面，首先表扬他们为老师和整个班级带来了怎样独特的贡献，然后授予他们每人一条蓝绶带，上面有几个金色的大字："我是多么重要。"

之后，这位老师又有了一个新的想法，她要组织全体学生去做一项集体活动，以考察之前她的这种表彰方式给学生带来了什么变化。在活动中，她又给每个学生发了三条蓝绶带，让他们用类似的表彰方式去鼓励周围的人，关注人们在受到表彰之后的行为，并且记录下来，下周在班会上做报告。

这当中有一个男生，他在附近的一家公司找到了一位部门经理，让他帮助自己做一份未来职业规划。规划做好了，这个男生把一条蓝绶带戴在他身上，并且把另外两条也给了他，对他说："我们班在做一项表彰他人的活动，希望你也能和我们一样在

你周围找一个值得表彰的对象,授予他蓝绶带,同时让他把另一条蓝绶带授予他认为合适的人选,从而让这项活动继续下去。另外,还请你把这件事情的进程告诉我。"

那天晚些时候,这位部门经理去见他的老板。顺便说一句,他老板是个名副其实的暴脾气。见面后,部门经理很正式地让老板坐好,然后对他说,自己对他卓越的创新能力表示深深的敬佩。听到这样的赞扬,老板非常吃惊,心里也有些得意。部门经理接着问老板是否愿意接受表彰,让他把蓝绶带戴在他身上?老板的回答也一样让他的下属吃惊不已,他爽快地说:"当然,我愿意!"

部门经理立刻把蓝绶带披在了老板身上,然后把最后一条蓝绶带也给了他,请求说:"你可以帮我个忙吗?请把这条蓝绶带奖励给你身边的某人,当初有一个男孩子就是这样让我把蓝绶带戴在一个配受表彰的人身上,并且要记录下来这么做带给别人怎样的改变。"

晚上,老板回到家,来到他儿子面前坐下,说:"今天在我身上发生了一件最不可思议的事情,当时我在办公室,我的一位部门经理走进来告诉我,因为他非常钦佩我的创新能力,要奖励我一条蓝绶带。噢!你能想象吗?他认为我是个创意天才,说着他就把一条写着'我是多么重要'的蓝绶带戴在了我身上。之后他又拿另外一条蓝绶带,让我用同样的方式去表彰别人。在我开车回家的路上,我一直在想,我该把它授予谁呢?我想到了你,你就是那个应当受到表彰的人!我每天都那么忙,除了因为你成绩平平或是卧室不够整洁向你大吼大叫之外,实在很少很少真正关心过你。但是今天我只想坐在你身边,并且让你知道,你对我有多么重要。除了你妈妈，你是我生命中最重要的人。你是个了不起的儿子，我爱你！"

　　看到这一幕，这个男孩先是吃惊，之后难以自禁地哭个不停，身体因此颤抖起来。过了一会儿，他抬起头来，泪眼朦胧地对他父亲说："爸爸，我一直以为自己的死活跟您没有什么关系，现在我再也不那么想了。"

快乐时光

热舞到黎明

我在高中担任学生会顾问,工作之一是鼓励学生从事社会服务,比如赞助地方慈善事业——如捐赠罐头食品给贫困户——学生们的热情常常让我感动不已。

我们举办的"认养祖父母"活动对学生的触动也很大,他们从中体会到了其他人的价值观,他们也得到了成长。我深信,真正的领袖一定是一个谦虚、诚恳的仆人,所以我就尝试着将这样的理念传递给学生。但是在那场舞会之前,他们尚未有足够深刻的感受。

有一天,我接到汤姆的电话。汤姆是我的一个朋友,他是一家小学的校长。他告诉我,他有一个不错的主意,并把这个主意仔细说给我听。我一听,立刻赞同他的主意,马上召集学生会干部,和他们一起分享。

我告诉大家:"我有个主意要与大家分享。"

"什么主意?"学生们问。

"我想我们可以办一个舞会。"我说。

"我们不是已经有舞会了吗?"30多个学生几乎异口同声地说。他们一定很奇怪我究竟在想些什么,因为举办舞会本来就是11年级学生会的重要任务之一。

"我不是指11年级或应届毕业生的舞会。"我说。

"我们可不要让10年级的学生也参加舞会。"

"我是说帮年长的——"可是学生们不让我说完。

"最年长的12年级也有他们的舞会呀!"麦克回答道。他一定也在嘀咕,这个指导老师今天吃错了什么药。

"不是这个,我是说给年长的老人家办一个舞会。比如说,55岁以上的长辈们,给他们办个舞会。"

"为什么给他们办舞会呢?"麦克还是不了解。

"我们可以利用今年的经费盈余,把体育馆布置起来,请一个乐团,举办一场盛大的舞会,邀请年长的人来参加,也算是我们回馈社区的一项活动吧……"我一面描述着我的计划,一面不由得兴奋起来。

"如果我们把钱花在这上面,那我们的春季旅行是不是就没有了?"一个女孩放下手中的镜子问道。

"我们会合理使用经费,但要力争给长辈们留下一个终生难忘的夜晚。我们请的乐团可以演奏长辈们熟悉的、属于他们那个年代的曲子。我已经接洽了一个乐团,也和校长谈过了,校长觉得这个主意不错。我告诉校长说,你们也会觉得这是个好主意的。"有时我的说服力还真不赖哩。

讨论之后,学生会成立了一个委员会,负责策划和实施这场舞会。在以后的几个星期里,我看到我的学生们对这个舞会的热情越来越高涨。有人提议大家穿上燕尾服,好显示主人的派头;女孩子们却希望穿上飘逸的长裙,扮演女主人。

整个学校都兴奋起来,著名电台节目主持人保罗不知哪来的消息,有一天竟在他那个家喻户晓的节目中宣布:"在明尼苏达州的布兰若中学,学生会正在为长辈们筹备一场舞会。没有错——是为老人们举行的舞会。学生会将提供乐团、花环、点心和停车服务;还有,他们也将是这场舞会的'监护人'。"

我曾经为活动的宣传而担忧,我的学生们和一些老人院接洽过,并且也寄出去了一大堆邀请函,等到我听到何保罗的节目,我终于放下心来了。

舞会终于来了。学生们把体育馆布置得美轮美奂,那是我见过的布置得最美的一次。花艺系的学生制作了精美的花环,地方上的几家银行捐赠了点心,与学校一向有契约关系的公车处提供了接送老人服务。学生们努力把每一个细节都照顾到。一切就绪之后,我们就在那儿坐等贵宾的到来了。

舞会预定晚上六点半开始,可是四点左右就陆续有人来了。

早到的来宾中有一位是拄着拐杖的老太太,她站在会场门口向里面观望了一下。"哦,"她说,"这就是人家说的那所新建的中学。"

我并没有提醒她,所谓"新建的中学"已经有15年历史了。

"我以前从没到过这儿。"她又说。

舞会的主要负责人之一——麦克拿了一个花环走过来,问她说是否可以为她戴上,她答应了。

"舞会要六点半才开始呢。"麦克告诉她。

"我会等的,"她回答道,"我得找个好座位。"

"帮忙招呼一下吧。"我告诉麦克。

"如果你愿意和我跳舞,我一定会跳的!"这位老太太在麦克为她佩戴花环时这么说,麦克的脸一下子涨红了。

麦克说:"没问题,我很乐意和您跳舞的,但我得回家换套

衣服。"

过了一阵子,一对老夫妇走到我们的桌前轻声问:"这就是舞会的地点吗?"

"是的。"我回答。

我简直不能相信我听到的话:"我们是特地从俄勒冈州来的,正要往威斯康辛去。昨天我们从车上的收音机里听到保罗的节目,他说这儿有给老年人开的舞会。我们查了一下地图,找到这个地方,就绕路到这儿来了。我们可以参加吗?"

"当然,非常欢迎!"我高兴地说。

来宾陆陆续续到了。到了六点半舞会开始时,500多位老年人挤满了这个临时舞厅。

这时,我们遇到了一个难题。麦克是第一个让我意识到这问题的,我注意到麦克从头到尾一直不停地跳着舞,一刻也歇不下来。

"杜老师,"他说,"我们严重缺少男舞伴哩。"

"那——麦克,你想我们有什么办法?"我倒过来反问他。

"我知道今天在某个地方有曲棍球队员聚会,我想我可以打电话给他们,请他们过来帮忙。"

"好主意!"我差点拍手叫好。

过了不久,麦克的朋友们果然来了。我看到那位来得最早的老太太马上向第一个到来的男孩走过去:"陪我跳支舞吧?"

男孩还没搞清楚是怎么回事,老太太就揽住他。

麦克走过来说:"很有意思。他们什么时候学会跳这些舞的?"

麦克和同学们兴奋地发现,这些长辈跳的舞有着程式化的舞步。看到一位长辈正在教孩子们华尔兹和波卡舞，我也参与了进去。我以前从没学过这些舞蹈。

一位老太太穿了一袭镶着亮片的长礼服，舞厅中央的彩色灯把她的礼服照得熠熠生辉。就这样，她带着我跳，我跟着她跳。

"如果我年轻60岁，我想我会追求你喔。"跳舞时，这位老太太对我说。

我开心地笑了。

"你读几年级？"

我笑得更大声了："我是这儿的老师，负责指导这群孩子。"

"哦，真的吗？"她说："你看起来好年轻、好帅啊！"

这次我故意收起笑，对她说："您也很漂亮……"

"少来啦……"

乐队开始演奏《窈窕淑女》一剧的主题曲。我一边随着我的舞伴迈步，一边想着剧中的女主角杜丽莎——人们眼中的农村姑娘，在男主角亨利看来却是优雅的淑女。

"热舞到黎明……"我的舞伴跟着音乐轻轻哼着。"那部片子真好，但我猜你一定没来得及看这部片子。"

"才不呢，我看过，而且印象深刻。"我环顾了一下四周，我的学生几乎都在场上旋转着。

一位老先生正在教一个女生跳华尔滋。我看着她，这个平常爱穿打着破洞的牛仔裤的女生，今天穿了一袭漂亮的长裙。

舞会终于结束了，可是没有人愿意离开。

麦克向我走过来："这是我上高中以来最有意思的一天。"

"你是说比你的11年级和12年级的舞会都精彩？"我问他。

"毫无疑问！"麦克确定地回答。

"你想是什么让这个舞会变得有意思？"我问他。

麦克不假思索地回答："能够为别人做一些事，真的感觉很好。"

接着的星期一，保罗可能又会从哪儿打听到舞会的消息，然后在他的节目里播报舞会的情况。节目快结束时，他也许会这么说："记得上星期我告诉听众朋友们，明尼苏达州的布兰若高中要举办舞会吗？舞会果然如期举办，500多位长辈前来参加。据知情人报告，没有什么重大事件发生……啊，有，有，舞会中有一些小小的花絮，不过没什么好大惊小怪的！"

陌生人的爱

爱兰卡教会了我如何善待陌生人。

娇小的爱兰卡有一张瓜子脸、一双清澈的眼睛,她是俄罗斯人。她是一位优秀的老师,可惜我却不是一个喜欢学习的学生。

我们是在奥地利一个基督徒家里相遇的。那时,我已经在那里寄宿七天了,想磨蹭到学校开学才回美国。

那天晚上,爱兰卡来到了这个我寄宿的家庭的门口。她全身打着哆嗦,看起来像是一只受了惊吓的小猫。

这个寄宿家庭的全家人都热烈地欢迎她。这个小女孩有着特别吸引人的特质,我也想和其他人一起欢迎她,可是她说的一大堆话我没有听懂一句。

"她说什么呀?"我忍不住问凯尔,他是这个家中最大的男孩。

"俄语,"凯尔回答道,"她只会说俄语。"

"可是她究竟说些什么呢?"

"她说她要到一个很远的地方去,可是我们觉得她再也走不动了,她得好好休息一下。我们把她安排在你的房间去休息,你得和她睡同一张床。"

和她睡同一张床?我连她是谁都不知道呢!她是从哪儿来

的？她在这儿干什么？

凯尔领着她向卧房走去，我一路跟在他后面，一叠声问着问题。

"她怎么会来到这里的？"我一定要问个水落石出，"她是不是有什么不对劲？她叫什么名字？"

凯尔停下脚步，注视着我回答说："她叫爱兰卡，你只要知道这个就够了。"他的眼神告诉我，他是十分严肃的，因此我也就不好再问什么了。

那天晚上我就和这个陌生的小女孩睡在一起。

她睡得很好、很熟，一点声音也没有，甚至连翻身都不曾有过，白色的羽毛被子拉到她的颔下，盖得严严实实的。

我睡得很少，一大早就起来帮忙做厨房里的活儿了。这个寄宿家庭夫妇有八个小孩，再加上我和爱兰卡，正好可以团团坐满一张12人的大餐桌。

可是爱兰卡不但没有起来吃早餐，连午餐也没吃。到了下午，我正在洗马铃薯时，她悄悄地走进厨房里，脸上挂着微笑。

她真像一朵小野花，清新而可爱。她用手势和面部表情清楚地表达自己的意思。我想她一定是饿坏了，于是装了一碗浓汤，切下一片面包递给她。她接过后，坐在餐桌前缓慢而优雅地吃着，好像每一口都满怀感恩似的。

那天晚上，我们上床睡觉时，她安静地溜出房间，不久便捧着一杯冒着热气的茶给我，可是她却没有给自己任何东西。我从床上弹起来，被她的善意感动得愣住了。她用俄语和手势催我趁热喝茶，我一边喝茶一边看她表情丰富地用俄语对我说了许多话，可惜我听不懂她真正的意思。

第二天晚上，她给我一片涂着奶油的面包，我猜这一定是她从晚餐里省下来的。她还给我一杯又香又甜的浆果汁，这次她盘着腿坐在床上看着我吃。月光照在她身上，她扬起头，双眼望着窗外，轻轻地哼唱一首歌。那情景美得令我心疼——如同一缕悠扬的笛音，飘荡在静静的夜空里。

我觉得老是这样接受她的服侍很不好意思，而且我虽然很想和她沟通，却总是不得要领，这让我不知怎么办才好。第二天早餐以后，我把这种感受告诉了凯尔，并且问他爱兰卡为何对我这么好？我知道她也是个基督徒，但我们彼此素昧平生，来自不同的国家，何况若是照我们政府的说法，我们还是敌人呢。

"你知道'好客'这个词的真正意思是什么吗？"凯尔问我。

我想到在加州的家里，我父母招待客人的方式。那需要一些漂亮的瓷器餐具、水晶杯子、好吃的点心、漂亮舒适的房间以及绣着客人名字第一个字母的毛巾，接着我想到爱兰卡给我的东西以及她唱的歌。

"我不明白，"我喃喃自语："我可能真的不明白。"

"'好客'一词的真正意思是'陌生人的爱'！"凯尔这样对我解释："这就是爱兰卡对你所表现的——爱一个陌生人。"

我？陌生人？我在这儿可不是陌生人，她才是呀！我又不解了。

那天下午，那个问题一直在我脑海里盘旋。等到我可以离开屋子时，我走到一个小森林里，想在那儿好好整理一下我的思绪。

夏末的枯枝在我的脚下发出清脆的噼啪声，树上的枝叶拂过

快乐时光

145

我的脸，痒丝丝地。

我来到一小块空地上，阳光从叶隙筛下来，正好照在一张手制的小木椅上。我坐了下来，靠在洒满阳光的椅背上，好舒服。

我所认为的费尽心思赢得客人好感的待客方式，和爱兰卡所表现的是那么的不同。"陌生人的爱？"也许我真的不明白"好客"的真意，甚至也不明白"爱"究竟是什么。

就在那一刻，我听到一阵悉悉索索的声音——有人到小树林里来了。我回过头来，原来是爱兰卡。她的头上别着一朵野花，长裙被风鼓荡起来，像极了童话中的人物。她把小心地兜在裙子里的野莓递给我，接着碰了碰我的肩膀，指着我的背后，轻声地说了些什么，示意我转过头去看。

我转过头去，两三米之外，一头鹿定定地站在那里，盯着我们——这两个对它而言全然的陌生人。

爱兰卡高兴得咯咯地轻笑，这让我想到她和那只鹿是多么的不同。我们被安排住在同一个房间，可是她一点都没有抱怨。她用一颗充满爱的心，温暖地靠近我。

"你是我的朋友，"在一起往回走的路上，我这样告诉她，"你教了我很多。"我相信她能够听懂我的意思。

那天晚上，我上床睡觉时，爱兰卡已经睡下了。那是我在那里睡得最晚的一次，我们情义浓浓地交谈到深夜。进了卧房，我看到枕头上放着一碗野莓，我马上认出来，那是爱兰卡最宝贝的野莓，野莓旁还放着一张手制的卡片。

我含着眼泪打开卡片，看到三朵细心压制的野花。爱兰卡用大写的俄文写了五个字，并且签上她的名字。

我捧着卡片在幽暗的房间里伫立许久，静静想着：此刻，爱兰卡正在我身旁安详地睡着。

这许多年来,我经常取出这张卡片,回想着爱兰卡。我从来没有设法把这五个俄文翻译成英语,因为这五个字所传达的信息已经十分清楚了,那便是:"我爱你,亲爱的陌生人!"

驾 驶 课

我永远忘不了刚拿到驾驶执照的那一刻。

那时我将满16岁,已经断断续续开了三年车了(想起来蛮可怕的),当然大部分时间爸爸都陪着我。他很沉着地坐在我身边,传授我一些开车的技巧,教我遇到什么状况应该怎么反应。一般情况下妈妈都不在车上,因为她坐上我开的车,不是尖叫,就是紧张地咬着指甲。爸爸在这方面比妈妈随和多了,车上偶尔发出的大声或是紧急刹车都不会让他大惊小怪。爷爷最好了,我开爷爷的车时,要是不小心撞到什么东西……嘭!爷爷总是说:"孩子啊,没关系,保险杆可以更换,孙子可没法换哦!没关系,你还在学嘛,对不对?"爷爷真是个大好人。

经过三年的碰碰撞撞,总算让我考到了驾照。那真是终身难忘的一天——我手中摇晃着刚拿到的新驾照,高兴地叫着:"爸,你看!"爸爸也很捧场地起哄:"让我看看这是什么?哇,新驾照哩!真有两把刷子哩!"说完,掏出他的车钥匙交给我说:"让你用两个小时!就你一个人!"

就我一个人?太棒了!

我谢了爸爸,一步一跳地跑到车库去,打开车门,用钥匙发动引擎。那时我的脉搏少说也有180!我倒好车,轰轰轰地上路了。

当我"就一个人"开上路时，脑海里闪过一些疯狂的事——比如说，我可以开到时速100迈以上？或者，我可以在两个小时内来回一趟加略城？

我心里转着这些念头，可是我并没有真正疯狂，甚至连车都没超一次。我一个人开着爸爸的车，油箱里装满了汽油，我有着绝对的自由和自主，可是我并没有得意忘形。为什么？爸爸与爷爷都那么信任我，我怎么能做出这种疯狂的事？虽然我已经拿到了驾照，也没人在一旁禁止我，可责任感告诉我不能那么做。

爸爸在给我钥匙之后，并没有在仪表板上贴了一张纸条："千万不能超速"，或者"小心，警察就在你身边"，他只是微笑着说："钥匙给你，好好享受吧！"

爸爸真的是温厚与信任的典范，而我也痛快地享受了一段独自开车的美好时光。

梦中舞伴

卡尔好几个月来一直企盼着他的毕业舞会，简直有些等不及了。

许久以来，卡尔一直希望能和辛蒂约会，想不到她真的答应了卡尔的邀请，做他毕业舞会的舞伴。从那时以后，卡尔简直像活在云端一样，心里甜蜜地想着：这将会是有生以来最浪漫的一个晚上！我将拥着辛蒂婆娑起舞，她那轻盈、曼妙的身姿该有多么美好！从现在一直到永远，但凡有人说到爱情，必将以我——卡尔和辛蒂作为最佳范例。

卡尔一面想着他的舞伴，一面预习着那晚的每一个细节。他所要说的每一个字、他所要做的每一个动作，都经过仔细的策划与演练。没有任何事能够破坏那天晚上的气氛。

这一天终于来到了，卡尔开着妈妈那部刚洗干净、打上蜡的车，来到了辛蒂家门口。他一边走向辛蒂家的前门，一边迅速地复习一遍他应该如何对辛蒂的新衣服表示称赞，以及如何用翩翩的风度来赢得她家人的赞赏。总之，当卡尔领着辛蒂走向车子时，他很高兴第一关过得挺顺利——以合适的措词和潇洒的形象与辛蒂的父母交谈。

他为辛蒂打开车门，想到等一下就可以和辛蒂单独开车出去，他的心几乎要跳出胸膛。他坐上驾驶座，想用钥匙发动引擎，噩梦就从这里开始了——车子发不动！这时辛蒂已经端坐在车子里，她的家人也都在窗前看着呢。卡尔竭力保持镇静，他又转动一次钥匙，还是发不动。于是他走下车，把引擎盖打开，暗中祈祷着这一个动作能够带来奇迹——车子突然自行发动了。

还是没有动静。

他又回到车子里，这回他的眼睛终于发现问题出在哪里了——刚才来接辛蒂时兴奋过度，竟忘了将挡位打到"停车"挡。他假装轻咳一声，转移辛蒂的注意力，迅速把变速杆打到"停车"挡。可是，他抬起头来，正好看到辛蒂吃吃窃笑。更令人尴尬是，窗户后面辛蒂的家人也都做着同样的事。

卡尔把车开出辛蒂家，心里好像压了一块铅。

餐厅里，点好的晚餐好像总不来。一方面是人多，另一方面，侍者或许看不起高中生给的微薄小费，对他们爱理不理。这使卡尔的情绪更加糟糕。

吃饭时，两个人的对话一直很僵，卡尔暗暗期盼舞会时间快点来到，一大群人叽叽呱呱的，也许气氛会活络一些。结账时，他身上带的钱差一点不够，他简直无法想象，要是真的弄到必须请辛蒂掏腰包贴补，后果将会怎样？

等他们到了舞会现地，舞会几乎快结束了，但卡尔总算有机会将辛蒂带到舞池里去，这让卡尔兴奋无比。他感到每一双眼睛都羡慕地瞧着他们，他用演练了好几百遍的舞步，带着辛蒂翩然起舞。

舞会之后便是点心时间。卡尔的一个好朋友主持这段时间，卡尔很希望赶快看到他的好朋友。他拣了一盘点心，回到辛蒂和他的朋友坐的桌旁。

这回他忽略了脚下。从一个房间到另一个房间，得走下一级

台阶。他忘了这儿有一级台阶——真要命！他一步跨出，就一头栽了下去，整张脸埋在那盘点心里，以至于有些人还以为是"疯狂卡尔"故意搞怪哩。

他这一跤成了全场的高潮。

回家的路上，辛蒂告诉老实的卡尔说，她玩得很开心。下车后，卡尔陪她走到家门口，他还有一个表示真爱的机会。他害羞地站在门前，好像刚上一年级的小学生。正当他鼓足勇气，打算给辛蒂深情一吻时，冷不防听到辛蒂紧张的尖叫："卡尔，你妈妈的车是不是一直往后滑？"

卡尔先是一怔，紧接着大惊失色——天哪！他的车正一直往街上滑去，眼看就快要撞着另一辆卡车了！他一个箭步跑上前，抓起车门用力拉扯。

车门是锁着的！

车子还在不断地往后滑，卡尔总算摸到了车钥匙。他打开车门，跳进车里，在离卡车不到一尺的地方把车子煞住了！

卡尔大口大口地喘着粗气，感到自己像一只斗败的公鸡。他发动了车子引擎，开始转弯：回家去吧，再不要让任何人看到自己这副狼狈相了。

忽然，他听到有人轻敲着他的车窗——辛蒂站在车外。他摇下车窗，满脸通红地注视着眼前这个可爱的女孩。唉，这个梦中情人，如今只能在破碎的梦中追寻了。

可是，就在这一刻，他的世界有了180度的大回转——辛蒂凝望着车里的卡尔，再一次告诉他，她玩得很开心。接着，她俯下身来，在他的额上轻轻地印下一吻。

生命还是很美好的，不是吗？

奇妙的时刻

我第一次遇见泰勒是在学校餐厅里。那天,我所参加的社区工作队举行迎新会,介绍新加入的会员。

我如往常一样到得很早,正在享受美味的炒蛋时,看到我们组长和一个金发、蓝眼睛的男生在我对面坐下。

"嗨,兰达,跟你介绍泰勒——我们组里的新成员。"

泰勒和我握手时,我觉得手像触电一样有点发麻。

"别瞎想,那只不过发生在小说或电影中罢了!"我的心里掠过一阵奇异的感觉。

奇怪的是,一直到泰勒的手松开后,那种触电的感觉依然持续着。我尽量保持平静,表现得像平常一般,继续吃我的早餐。谢天谢地,几分钟之后,整组的人都来了,另外两个新组员也坐在我对面。

整个迎新会中,我心不在焉地听着大伙儿说东道西。组长滔滔不绝地描绘着这个学期的活动计划,我则只想把那种触电的感觉尽快忘掉。

一年前,我胡里胡涂地和一个男生谈起恋爱来,结局很惨,我不希望重蹈覆辙。我当时下定决心,不管怎样,绝不让自己和泰勒有任何瓜葛。

一个月不到，我的决心松动了。我发现泰勒与我竟然主修同一科目——艺术，但我仍尽量克制自己的感情，我为自己的自制力感到骄傲。

如果不是那个星期六晚上有聚会，我一定乖乖地待在家里。人们都说上帝的旨意很奇妙，这回我真的是亲身经历了，只不过是在很短的时间里。

那是在学校教堂的礼拜中，美兰正在领唱赞歌，突然之间，她嘴张着，却唱不出声音来。她摇着头，无奈地把麦克风交给另一个领唱的同学继续下去。

我目送美兰走出教堂，她的头还是不住地摇，我知道她得了突发性的焦虑症。我自己曾经有过几次同样的情形，这可不是什么好玩的事儿。我很想跑出去帮助她，可是我自己在礼拜中也有任务，只好望着她落寞地走向教堂后排。

礼拜结束后，大家纷纷走出教堂。我注意到美兰坐在教堂最后一排椅子上，满脸忧虑。我鼓起勇气，走过去坐在她的身旁。她抬起头来看我一眼，似乎很诧异我会过来和她说话。我对她解释说我注意到了她的情况，并且告诉她我了解这种情况。她松了一口气，告诉我她在这方面的一些遭遇。

读者看到这里也许会问："说了大半天，这个美兰的事跟前面提到的泰勒究竟有什么关系呢？"

当然有关系啦。你知道吗？在我和美兰交谈了一阵之后，我觉得美兰几乎是我的翻版。我们坐在那里聊了好几分钟，很多人从我们面前走过，却没有人问美兰她是不是好些了。这使我感到非常失望。

接着，奇妙的事发生了！我正听着美兰说话，忽然，我的余光看到泰勒向我们走过来，我的心开始跳个不停。当他在我们前面的椅子坐下来时，我几乎有些晕眩的感觉。他问美兰是不是好些了？并且告诉她，看到她那么紧张，他好不忍心。我坐在一旁，看着他逗美兰开心，并且静静地听他说话。

我的心发出一声幽幽的叹息。那一刻我知道我投降了，他已经攻破了我内心的防线，我真的没有办法压抑我对他的爱了。

在接下来的几个月里，我领会了什么是真爱。我发现真爱并不只是山盟海誓和花前月下，而是那份宁静、平和以及信任——不管你所处的环境是什么。

自那一晚之后，五年过去了，一直到今天，我的心还是充满了对泰勒的爱。虽然我们的日子并不是每天都充满了玫瑰或小雏菊，这些其实并不重要。

我可以很诚实地告诉你：即使在100年之后，我也永远忘不了他第一次与我握手那一刻。

那一刻，他同时也握住了我的心，永远地。

球场上的新生

我是刚从别的学校转学过来的新生。我本来就很害羞,觉得交朋友是一桩难事。唯一能让我感到自在一些的活动便是打排球了。

我很喜欢打排球。开学后,我顺理成章地加入了学校的女子排球队。球队里的同学都对我很和气,但她们毕竟已经在一起打了三年球了,我很明显地是个外人,进退间总有一分陌生的客气。

那个球季中的的第三场比赛,是对我们最大的考验。我们的对手是州冠军,她们队里最好的一个选手名叫安琪。

我们心里有数,知道赢的机会不大,但至少我们决心全力以赴。

我想我打得还可以,但似乎也没有什么特别突出的表现。到最后我们还是输了,但我们的努力却能使这场比赛打到第三局,而且有时候我们居然还领先了呢。

比赛以后,我们收拾东西准备离开。安琪走了过来,指着我,对我说:"同学,你打得真不错!"

这个突如其来的举动让我感到很意外,甚至觉得有些令人发窘,直到队里每一个队员都走过来拥抱我,我才轻松下来。

当大伙儿走向校车时,有一位队员转过头来对我说:"明年我们一定会赢,因为安琪就要毕业了,可是我们还有你哪!"

活　着

好好地活,好好地爱,并且——珍惜生命。
投身朋友的怀抱,那甜美的回忆将伴你终生;
珍惜现在,放眼未来——
你的生命属于你,却不仅仅属于你。
爱别人,也让别人爱你;
爱春夏秋冬,每一天都是你生命中快乐的音符。
滑雪、溜冰、歌唱,并且翩翩起舞;
闻一闻雨的味道,还有巧克力饼的香甜;
把握每一天,别等白了少年头,空悲切。
陪爸爸去踢球,和妈妈去旅行。
爱小孩子,因为你也曾经是孩子;
真心爱老人,因为将来你也会老去。
寻求真理——
透过自己、别人,以及你所信上帝找到它。
最重要的是,真正地活着!

烛光亲情

两个女儿小的时候,我们很喜欢偎在一起聊天或者看电视。但是当若伦和凯莉长到十几岁时,她们就宁可待在各自的房间里打电话或是听音乐,而不太喜欢和我待在一起了,姊妹俩在一起的时间也少了。

我了解这是她们成长过程的一部分,但是当我眼看着女儿们逐渐地独立,心里还是挺希望她们能够彼此亲近的,也很想念过去那些一起窝在沙发上共享一桶爆米花的日子。

一个刮着大风的晚上,丈夫加班还没回来。突然,停电了,四下陷入一片漆黑。

"好棒!"我听到13岁的凯莉在她的房间里轻呼。

"真讨厌!"若伦则大声叫喊。

我找出几枝蜡烛、一个手电筒,走向她们的房间。

若伦的房间早就点起了蜡烛,挺有情调的样子。凯莉和我不约而同地走进若伦的房间,钻到她的床上去。

凯莉很兴奋,但若伦还是嘟着嘴。凯莉建议道:"我们来讲故事吧!"说完就絮絮地说起学校和朋友们的事。渐渐地,若伦不再嘟着嘴了,她紧靠着凯莉专心地听着。不久以后,她们就像小时候那样有说有笑的了。

我可以从凯莉闪烁的眼睛里看出,这次突然停电是上帝送给她的一份礼物,但我不太确定若伦是不是也这么认为。

突然,电话响了,若伦去接。

"是啊,我们家也停电了……我待会儿再打给你吧,我和我妈、妹妹正聊得起劲儿呢。"

我的眼睛霎时噙满了泪水。

若伦挂上电话后建议说:"咱们唱歌吧!"

过了一阵子,电来了。"不要嘛!"两个女儿都这么抗议。

从那时开始,我们觉得比以前亲密了许多,两个女儿也不再像以前那样爱拌嘴了。有时候,我们会窝在一起,东拉西址地聊天。

那晚的停电,不只让我们在烛光里享受了一段温馨的时光,也让我们在与平日不同的另一种光影里看见了彼此的心。

转变

一条新裙子

安妮靠在学校走廊的储物柜上叹了一口气,这是什么日子嘛,真是莫名其妙!开学第一天的情形跟她想象的简直相差十万八千里!

安妮做梦都没想到会有克丝这么一个女孩出现,更让她跌破眼镜的是,这个女孩竟然穿着她本该穿着的裙子。

那可不是一条普普通通的裙子。安妮整个暑假都在帮着邻居照顾那三个活蹦乱跳的小捣蛋,好不容易赚来工钱买下了这条裙子,再加上一件名牌上衣。

那天,安妮在少女杂志上看到这条裙子的广告时,她就知道自己非买不可。她马上打了免费电话,问清楚那款裙子在哪家服饰行买得到。问清情况以后,她就拿着裙子的照片,她找妈妈商量去。

"嗯,是不错,"妈妈也同意,"只不过它太贵了,这价钱几乎可以买下一整年的衣服。"

安妮早就知道妈妈会这么说,可是她没有放弃。

最后妈妈让步了:"如果这条裙子对你真的那么重要,我们可以先请店里帮你留着,我们分期付款,可是你得自己赚钱来买。"

于是，安妮找了个看护小孩的工作。每个星期五，安妮按时把工钱交给店里，上个星期她终于付完了最后一笔钱，抱着裙子和上衣，兴冲冲地跑回家试穿。换好衣服，她几乎不敢睁开眼睛看穿衣镜中的自己。

她慎重其事地数了一、二、三，然后睁开眼睛。

不管从前面看、从旁边看或是从后面看，都是那么的完美无瑕。她前进几步，又退后几步，转圈、坐下，兴奋的劲儿溢满了房间。她还练习着如何谦虚地回应同学们的赞美，她不想让她们觉得自己爱炫耀。

第二天，安妮和妈妈给她的房间来了个夏末大扫除。她们把床单拆下来洗了、烫平了，地板的各个角落的灰尘也被吸得干干净净。

接着，她们把衣橱和抽屉里的衣服重新检查一遍，把不再穿的衣服整理出来准备送走。安妮虽然不喜欢做这些事，还是听话地一一做好了。最后，她们把整理出来的好几箱旧衣服送到慈善旧货店，这才和爸爸一起到奶奶家去度周末。

星期天晚上，他们一回到家，安妮就跑回房间。明天就开学了，她一定要将每件事都准备得妥妥贴贴的。

她拉开衣橱门，找出她的新上衣，还有……还有……咦？裙子呢？应该是在这里呀！可是……不在。

"爸！妈！"安妮着急起来。爸妈闻声跑过来，只见整个房间乱七八糟的丢满衣服和晾衣架。

"我的裙子！我的裙子不见了！"安妮站在那里，一手举着上衣，另一只手拿着一个晾衣架。

"慢慢找，安妮。"爸爸试着安慰她，"裙子不会自己跑掉的，一定找得到。"

可是不管他们怎么翻、怎么找，还是不见裙子的影子。他们花了两个小时，翻遍了衣橱、抽屉、洗衣房、床下和床上，还没找到。

那天晚上，安妮躺在床上，怎么也想不起来裙子究竟跑到哪儿去了。

第二天早晨她醒来，她觉得累极了，昏头胀脑的。她随便找了一套衣服穿上，这和整个暑假的计划一点都不搭调。

站在学校的储物柜前，她脑中的疑惑更加深了。

"你就是安妮对不对？"从她背后传来一个声音。

安妮转过身去，一看吓了一跳，那——那——那不是她的裙子吗？

"我是克丝，校长特地给我这格储物柜，说是在你的旁边。我们住在同一条街，我是刚转学来的，她说也许你可以给我介绍一些学校的情况。"看着安妮神不守舍的表情，她的声音越来越不确定。安妮紧盯着她的裙子，那是我的裙子啊！怎么、怎么会穿在她身上？

克丝被安妮盯得浑身不自在，讪讪地改口说："其实也没关系，我们并不熟，我们只是在人行道碰过几面而已。"

这是真的，安妮和克丝常常是擦身而过。大多是安妮去照顾孩子的路上或回家时，克丝也从她打工的快餐店回来，制服上还留着洋葱和油烟的气味。安妮极力想把自己的思维拉到克丝正说着的话上面。

"当然，我很乐意给你介绍。"安妮说，可是一点也提不起劲来。一整天里，同学们都对克丝的裙子表示羡慕，只有安妮的

笑僵在脸上。

放学了，安妮等克丝一起回家，心想一定要把这件事搞清楚。

她们有一搭没一搭地聊着，直到来到家门口，安妮才鼓足勇气问克丝："克丝，你可不可以告诉我，你的裙子是在哪儿买的？"

"很好看对不对？我和我妈在等奶奶看病时在一本杂志上看到的。"

"喔，是你妈妈买给你的？"

"其实也不是。"克丝的声音低沉下来，"我们家境最近不太好，我爸失业了，又碰上奶奶生病，我们就搬到这儿就近照顾奶奶，我爸也想在这里找个工作。"

安妮听明白了，接下去说："那你一定是把工作赚的钱全存起来买的这条裙子了。"

克丝的脸红了一下，又接过话来："我把工钱全部交给了妈妈，她要买弟弟妹妹开学穿的衣服。"

安妮简直憋不住了，急急地问："那你这条裙子又是怎么来的？"

克丝顿了一下，接着说："我妈妈在慈善旧货店看到的，她到那儿的时候，装这条裙子的箱子刚刚送到。妈妈看到这条裙子时，标签还挂在上面哩。"克丝说完抬起头来。

慈善旧货店？全新的裙子？啊！一切都明白了！

克丝微笑了一下，脸上闪出光芒："我妈妈说这是一个特别的礼物，是特别为我准备的。"

"克丝，我……"安妮说到这里停了下来，唉，这真是很不容易的一刻，安妮期期艾艾地说："我能不能告诉你一件事？"

"尽管说吧。"

"克丝，"安妮深深地吸了一口气，说："你有没有时间，可以到我房间去一下吗？我想，我有一件上衣，恰好给你配这条裙子。"

撒个小谎

事情是我和妹妹美玲因为贪玩耽误了练琴引起的。

那天,妈妈出门买菜前交代我们,在她回来前要好好练琴。可我们一直疯玩着,把练琴的事丢到爪哇岛去了。

妈妈回到家,问我们钢琴练了没有,我和美玲异口同声地说"练了"。可是等妈妈走进客厅,一眼看到我们的钢琴练习本还整整齐齐地叠着,和前一天上完琴课时一模一样。

妈妈知道我们撒了谎,她的表情很难过。我和美玲还来不及做任何解释,妈妈告诉我们,在以后的某一天里,她也会对我们撒一次谎,但她不会告诉我们她什么时候撒谎,而且那个谎对我们俩都是很重要的。

那天晚上,妈妈告诉我们,第二天早上我们起来时,会有早餐等着我们的:热的玉米粥,加上好多好多鲜奶油,甚至还有更多的红糖,正是我们最喜欢吃的。美玲和我对看一眼,那不会是真的。

可是到了第二天早晨,我们起床时,我们果然在厨房里看到两碗热腾腾的玉米粥,果然加了好多好多鲜奶和红糖。

到了星期三,妈妈告诉我们,放学的时候,她会到学校来接我们,然后一起去买春装。美玲和我又对看了一眼,心中暗暗想：不会是真的。我们想，到时候我们还是会像平常一样搭校车回家的。

可是下午一放学，我们就看见妈妈在停车场等着带我们去买东西了。

第二天，爸爸出差去了。妈妈告诉我们选一家餐厅，意大利餐厅也可以，中国餐厅也可以，我们三个人要一起好好吃顿晚餐。美玲又和我对看一眼，这次不会是真的了。如果我们说中国餐厅，妈妈一定会带我们去吃匹萨饼；如果我们说意大利餐厅，她一定会带我们去吃炒面什么的。

我们说："中国餐厅。"那天晚上我们果然喝到了馄饨汤，吃了炒面，还拿到了幸运饼，甚至还喝了中国茶。

星期五放学回家，妈妈在家里等着我们，很兴奋地宣布："听着哦，妈妈刚订了两张机票，你们两个自己搭飞机去找奶奶好好过春假——就你们两个哦。"这不正是我们两人一直向往的吗？我们一直都想着要自己去旅行，好几年来也一直这样讲着。要是在平常，听到妈妈这么说，我们早就冲进房里整理行李了，虽然春假还得过三个星期才到。可是这一次，我们俩心里有数地对望一眼，不会是真的啦。

我们的反应也许让妈妈有点意外，但是她一句话也没说。

美玲说："我知道，我们是不可能自己坐飞机去找奶奶过春假的，前几天你说的那些话都没有骗我们，可是这一次一定不是真的了。"

"我很高兴我们不必再猜来猜去了。"我也这么接腔。

美玲接着说："是啊，每次想到您说的话可能不是真的，让我们不敢完全相信您，这真的很可怕。我想我们是不配坐飞机去

找奶奶的。"

　　妈妈笑了:"我对你们撒的谎就是:我说要对你们撒谎。"妈妈温柔地说:"我从来没有对你们撒过谎。飞机票就在你们的枕头底下,好好计划吧。"

绝不妥协

我上高二时,我们全家搬到一个小镇,我也转学到镇上的高中。初来乍到的,我什么人都不认识。我知道,要想尽快交到朋友,最好的办法不外乎参加球队了。因为在那里,你一天遇到的人,可能要比在其他场合三个月认识的人还多。

要是在平常,我一定会去参加篮球队的,可是因为上学期我考了个"丁",这让我难以如愿。我所以会惨到得"丁"的原因,是因为我上课时经常胡闹,作业从来不好好做。我爸爸对我们几个孩子有一条硬性规定,谁的成绩要是在丙等以下,谁就不准打球。他并不要求我们的全部功课都得甲或是每次都名列榜首,但他知道如果仅仅只拿了个"丁",那他一定没在学习上下工夫。

这样一来,我就打不成篮球了。爸爸一直希望我能成为一名出色的球员。他高中时篮球和橄榄球都打到州赛,上大学也拿到了篮球奖学金,他还得到了匹兹堡铁人队给他的合同。爸爸真的希望我能好好打球,但他更注意对我们的责任感的培养,在他看来,那是远远超过球技训练的。爸爸为我树立了一个长远目标,这是比篮球更重要的。他相信让我尝一尝待在场外不能打球的滋味,体会到这是吊儿郎当的后果,这对我是有好处的。

有一天,我们的体育课正好是打篮球。我并不知道校队教练坐在观众席上,正在选拔篮球队员。下课以后教练向我走来,问我的名字,还问我为什么没有参加校队。我告诉他我们刚搬到这个地方,明年我就会参加校队的。他对我说,你今年就可以参加校队。

我只好告诉他,我上学期没有达到爸爸规定的成绩标准。

教练说:"可是根据学校的规定,如果只有一科是丁等,你还是有资格参加校队呀。"

接着教练问我:"你家电话号码是什么?我想给你爸爸打个电话。"

我回答道:"我是很乐意告诉您我家的电话号码,可是那不会有用的。"

教练是一个高大威猛的人,他大约有1.9米高、100公斤重,可是比起我爸爸,他还是矮了一头、轻了不少。教练也许已经习惯了什么事都照他的意愿办,可是他还没领教过我爸爸。教练电话还没有打,我已经知道会是什么结果了。

我爸爸能改变吗?他当然可以。他会因为教练的电话而改变吗?当然不会的。也许有些做爸爸的会因为教练的恳求而让步,但我知道我爸爸不会的。

那天晚餐以后,爸爸告诉我教练来过电话了,他已经回答教练说不可能。他接着提醒我上课时认真听讲的重要性;他也告诉我,他其实真的很希望我能参加校篮球队,但我得自己努力达到能打球的标准。也就是说,我能不能打球,决定权在我自己手中。听爸爸这么说,我暗自下定决心,一定要好好用功,好在下一个球季能打上球。

第二天早上，教练到体育馆的更衣室找我。

"昨天我给你爸爸打电话了，他不答应。我向他解释了学校的规定，可是他不想改变主意。如此固执的人，我很难尊敬他！"

我简直不能相信我的耳朵，教练竟然说我爸爸难以让人尊敬！连我都知道我爸爸这样做是对的。没错，我是很想打篮球，但我知道爸爸是个说话算话的人，他不让我打球是对的。我真不能相信教练竟然会说出这样的话来。

"教练，"我说，"我要告诉你，我非常尊敬我的爸爸！我也要告诉你，我绝对不会为你打球的！"

果然，我没有参加球队。我的学习成绩进步了，但我从没有想参加校篮球队。爸爸做了正确的事，教练却不尊敬他，我何必为这样的人打球呢？我不愿意为他打球，因为他不尊敬我的爸爸。我不加入他的球队的原因也正是因为我无法尊敬他。

教练是一个讲求妥协的人，我猜他可能也会为了赢球而走一些旁门左道。爸爸则是一个有原则的人，如果教练无法欣赏爸爸这个特质，我就不想跟这样的人打交道。爸爸并不是个顽固的人，他其实是可以改变的，但是他对我的人生有一个长远目标，教练却没有。

教练只是想赢球，爸爸却要栽培一个儿子。

我们应该学会说"不"

写作课刚开始时,一切都和往常一样。我坐在座位上,一边听课,一边做笔记,同学们也都聚精会神地听讲。但过了几分钟,那桩事发生了。当时,老师正在介绍"写作中的遣词造句",有一个同学笑嘻嘻地举手,问老师说:"我可不可以背出七个不准使用的词?"

我有一种感觉,他的目的并不是真的要"教育"同学们,我猜老师大概会阻止他的恶作剧。

然而,我错了。

"有没有人反对?"

没有人举手,也没有人吭声。

就这样,这个同学把那一串不雅的词说了出来,说完后又重复了一次。

当那个同学重复那七个不雅的词汇时,我感觉时间是那么的漫长、那么的难挨。老师还是一句话也没说。全班同学先是注意地听着,接着喝起彩来,好像这个同学做了什么了不起的事似的。我低下头去盯着我的笔记本,我感到一阵晕眩与反胃。我告诉自己,你应该有所表示,你应该说"不"!

我并不是没听过这些肮脏字眼。事实上,我是听过的——在体育馆的更衣室里，在走道上，在餐厅里。但是这次不一样，这是课堂！在这里，我不需要也不应该听到这些东西。况且，老师给了我选择的机会，我大可以举起手来说："我反对！"可是我并没有这样做。

我很后悔，但我也觉得有所收获——这是比那七个不雅的用词让我记忆更深刻的：如果你不坚持你的价值观，这个世界就会把你所珍视的价值撕成碎片，把你优秀品格的一部分攫走。没有错，只是一小片，但是那些小碎片会逐渐增多，渐渐地就什么也没有剩下了！

那次的经验，使我更加坚定自己的信念。那不会是容易的事，它有时候可能会令我下不了台，但至少我可以事后在镜子前对自己说："你做对了！"

打个电话给我

"我明明记得在里面的。"雪柔把她的书包整个儿放到脚下,以便好好搜索自己的外套口袋。看到她把上上下下的口袋搜了一遍,将一些杂七杂八的东西都摊在桌上,长长的队伍里有人叹了口气。

雪柔抬眼看了看餐厅的挂钟,再过三分钟就该打上课铃了。可是今天已经是预约纪念册的最后期限了,如果你想要纪念册上印着你的烫金名字,就得在今天以前预约。雪柔当然想要,可是她得先找到钱包。身边的人开始绕过她往前移动。

"快点啦,雪柔。"黛丝差点就要跺脚了,她很不耐烦地说,"我们上课快迟到啦!"

"拜托嘛,黛丝!"雪柔无奈地回嘴。说她们是好朋友也好,是冤家也好,反正黛丝和雪柔老是磕磕碰碰的。她们的个性可说是南辕北辙,眼下就是一个例子。黛丝早就在第一天就预约好了纪念册,而雪柔却差一点就忘了这回事。

"黛丝,我的钱包不见了,"雪柔把那些东西一古脑儿塞回皮包,懊恼地说,"我预约纪念册的钱全在里面。"说的时候,铃声打断了她的搜索。

"一定是谁把它偷走了。"黛丝一口咬定,她总是先想到最极端的一面。

"是吗？我想我只是记不清放在哪里了。"雪柔这么希望。

在第二次铃响之前，她们三步并作两步跑进教室。黛丝迫不及待地把雪柔钱包不见的事向大伙儿宣布。

到了最后一堂体育课，雪柔已经对大家好心的询问不厌其烦，一律告诉询问者："我很确定我只是忘在家里了。"她跑回更衣室去，换好衣服，查了一下她们这一组是不是要踢足球，然后匆匆忙忙地去追赶其他同学。

那场球赛两队打得难舍难分，雪柔那一组是最后一个回到更衣室的。

黛丝站在那里等雪柔，刚转学来的华妮也在那儿。

黛丝那吃惊的表情，以及周围几个同学的惊诧声使得雪柔停了下来——在华妮的脚下，躺着雪柔的钱包。

"这钱包是从华妮的储物柜里滑下来的！是华妮偷的！"

大伙儿七嘴八舌地说。

"是那个新来的偷的。"

"她被黛丝捉个正着。"

"我早就知道她有鬼。"

"报告校长去。"

雪柔转过身去，看着华妮。她从来没有注意过她，除了知道她是刚转学来的以外。

华妮拾起钱包，交给雪柔，轻声地说："我在停车场捡到了你的钱包，我本来想在体育课以前交给你的，可是你晚来了。"

黛丝不客气地抢着说："我们知道你会这么说。"

"真的，真的是这样！"华妮的声音有点着急。

雪柔有些迟疑。华妮的眼睛噙满了泪水。

雪柔伸过手去把钱包接过来,微笑着对华妮说:"我很庆幸你捡到我的钱包。谢谢你,华妮!"

周遭的气氛和缓了下来。"还好她捡到了钱包。"大伙儿又改口说,除了黛丝以外。

雪柔很快地换好衣服,关上她的储物柜,催着黛丝:"快点,黛丝,还有一些时间,你陪我去订纪念册吧?"

"那得看你钱包里还有没有钱。"黛丝没好气地应道。

"现在别看啦。"

"你太天真了!"

直到她们在队伍里站定了,雪柔才打开钱包。

"钱都在这里。"雪柔不自觉地松了一口气。她又看到一张小纸条从她的钱包里滑出来。

"她只不过是没时间把钱拿走罢了。"黛丝说着把那张小纸条捡起来愤愤地说,"我知道她的为人,我第一天看到她就盯住了她。"说着把纸条交给雪柔。

雪柔看了看纸条,抬头对黛丝说:"你盯住了她,也许问题就在这里,你花太多时间盯别人了。"

黛丝一把抢过纸条,看了一眼,然后丢回给雪柔,顿着脚走开了。

雪柔又把纸条看了一遍。

雪柔:

　　我在停车场捡到你的钱包,希望里面的东西都在。

华妮

P.S.我的电话是555-3218,也许你可以给我一个电话。

当天晚上,雪柔愉快地给华妮打了一个电话。

垃圾小孩

我九岁的时候，爸妈在小镇东边通往垃圾场的路边买了一栋房子。

一个家庭的经济状况大概可以由离垃圾场的远近来判断。我们家算得上小康，因此住得离垃圾场还有一段距离。一个月有两三天，我们会闻到垃圾场飘来的刺鼻的味道，但这也正好提醒我们：我们还算不错，并不是天天都闻着垃圾的味道，但也不是富得能够完全逃离这股怪味。

路的另一头，靠近垃圾场那里，住着一个老婆婆，还有两个小孩，一老二小住在一栋又脏又旧的白房子里。在那一带，哪些东西属于房子里的人，哪些属于垃圾场，已经很难分得清了。

那栋房子里的一个孩子有时会过来和我们打球。孩子们一打起球来，很自然便形成两个群体——强势的和弱势的。理所当然地，那个孩子成了我们嘲笑、欺负的对象。

这个孩子每每受了欺负，就像一只被群殴的狗一样又吼又叫、又撕又咬，我们为他起了两个绰号——野孩子、垃圾小孩。

当事情闹得不可开交时，孩子们往往会使出这一招："你们少惹我，回头我告诉我爸爸！"可是垃圾小孩不能这么做，他不能说："神气什么？我告诉我爸爸去，当心他把你们揍扁！"每每遇这种局面,他只能沉默下来,转过身,垂头丧气地回家去。

我不记得后来我们怎么知道的——他的爸爸、妈妈都被谋杀了,他现在跟祖母住在一起。我记得知道这事以后,除了震惊之外,它并没有对我们产生多大影响,我们依然对他很粗暴,依然不客气。那时候,我们并没有学会如何和气、友善地待人——尽管有人教我们这样做,可是我们一直不理解。

有一次,大家一起打篮球,我哥哥用胳膊撞了垃圾小孩一下。这一下激怒了他,他开始还击,对我哥哥拳打脚踢,我哥哥几乎无法招架,真不敢相信上个星期他还神气活现地把这个垃圾小孩直追到他家去的。

我第一次看到垃圾小孩拼命似的反击,把藏在心里的愤怒一股脑儿发泄出来:那天晚上警察来到他家,告诉他的爸爸、妈妈不会回来了;玩伴们因为他家的破旧房子而对他侮辱,等等。这一连串的悲哀和委屈,像利刀一样深深地刺进他的心,他只能用不可遏止的愤怒来修补、防卫。

"打他呀!打他呀!"大伙儿对着哥哥喊叫,但哥哥并没有举起拳头。过了一阵子,垃圾小孩觉得这种一边倒的局面没多大意思,就罢手回家去了。

我们不以为然地问哥哥,你怎么回事?为什么这样懦弱?哥哥喃喃地说:"我们不要再欺负没有爸妈的小孩了,他已经够可怜的!"

可是,那时我还不理解。

直到现在,这些思绪还是萦绕在我的心里:平时待人客气也许不难,一旦被人激怒,保持镇静和温和才真正不容易。我可以对自己的孩子百般温柔,但在排队付账时,要是看到有人分明买

八件东西,却排在标着"限七件以内"的快速付账队伍中,还是免不了想发脾气,甚至骂出声来。为什么温和必须伴随着泪水?有一天我向上帝祷告,请求她赐给我真正的温和,相反地,上帝让我了解什么是悲伤。

过了一年,垃圾小孩搬走了,此后我再也没看见过他,我甚至不知道他现在是否还活着。可是,我衷心地希望他现在过着舒适的日子,有着美满的婚姻,他的小孩围在他的膝下,亲热地叫着"爸爸!爸爸!"

最好的消息

来自阿根廷的高尔夫名将若柏·文森的事迹也许很少被媒体关注,但在他的职业生涯中,有一件事特别值得我们回味。这件事倒不是说他的球打得有多好,而是让我们看到他的人格有多么崇高。

有一次,文森赢下了一场球,他在第18洞的终点果岭接过赢球奖金后,对着摄影机微微一笑,便往休息室走去。半路上,一个女人拦住他。这个女人满脸忧愁,对文森说:"先生,今天是你的好日子,可是我就没你那么幸运,我的孩子病了,是一种血液疾病,医生说没药可救了,活不久了……"

文森停下脚步,问这个女人:"我能为你的孩子做些什么吗?"接着,他拿出一枝笔,在方才赢球奖金的支票上签了名,交给这女人说:"让你的孩子过几天好日子吧。"

一个星期以后,文森在一家乡村俱乐部用午餐,一个职业高尔夫球联盟的职员走过来,对他说:"文森先生,听说那天你赢球以后,在停车场给了一个女人一张支票?"文森点点头。那个职员接着说:"老兄啊,那个女人是个骗子,根本没有什么孩子生病这回事!"

这个大名鼎鼎的高尔夫球明星抬起头来问:"你是说没有一

个孩子生了病?没有孩子即将死亡这回事?"这回轮到那位职员点头了。

　　文森咧开嘴笑了,他说:"这是这个星期中我听到的最好的消息了!"

出 局

当我还是一个小孩,看他在教会的棒球赛上打球时,我爸爸给我树立了一个好榜样。

那时爸爸43岁,在球场上很活跃。他虽然不以强力的打击著名,但他善于选球,打得最好的是一垒打和二垒打,打出去的球落点也无可挑剔。

那天下午,风很大,球场上尘沙滚滚。

"咣"的一声,爸爸一棒击出去,球正好飞过二垒手的头顶。中坚手忙了半天,还是让球从他的两脚中间滚了过去。

爸爸跑到第一垒时,看到这情形,就继续往前跑。他有1.8米高,75公斤重,而且跑得很快。他心想:如果再往第三垒跑,快到时再滑一下垒,也许能在球飞到三垒前跑到。

场上每一个人都大声为爸爸叫好,因为爸爸这一击已经把两个队员送回本垒了。

中坚手好不容易站稳了,总算把球捡了起来,那时爸爸已经朝着第三垒奔去了。球来得很猛,也很快,爸爸开始滑垒,尘沙飞扬起来。

球落到三垒手的手套里时,三垒手正好在爸爸的另一边,也就是外野那一边,正好是站在本垒位置的裁判看不到的角落。我

们队的休息处则是在第三垒这一边,每一个人都看得一清二楚。

爸爸的脚踏上了第三垒,在球到达三垒手之前不到一秒钟的时间。裁判先是迟疑了一下,接着做出"出局"的手势。他的这一个动作先是让我们队的人一怔,接着大伙儿便鼓噪起来。

很快地,每一个队员都跑到场上,开始大叫,他们只有一个目的——要赢得胜利,而且他们是有道理的。可是,如果爸爸真的出局,那么他们赢球的机会可能就被剥夺了。

现在只剩一场球就结束了,他们很可能再没有扳回比分的可能了。

就在局势越来越激烈的时候,爸爸示意大家安静下来:"兄弟们,别这样!"

他先是这样叫着,接着用温和的声音说:"还有比一次判罚、比赢球更重要的东西,既然裁判判我出局,我就出局吧。"

说完,他拍拍身上的尘土,一步一拐地走回休息区。他戴上手套(他的脚因为滑垒已经淤青了一大块),走到他守的第二垒,准备开始下一局的守卫战。一个一个地,队友们停止了争吵,捡起手套,到各自的防守点去。

那时我简直不敢相信,同时也为我的爸爸骄傲。我的爸爸不但表现出了他的品格,而且用这种品格影响了别人。尽管他全身是灰,但我却看到另一种光芒,就像一颗在阳光下闪耀的钻石。

那天,我觉得我是世界上最富有的人,我沉浸在爸爸的大丈夫气概中,他使得一场不愉快的争吵平息下来。我了解他的品格,这是那个镀金奖杯无法取代的。

爸爸用他那最好的武器——自制,向人们证明他是真正的大丈夫。

防笨措施

那是一个星期二的下午,我和约尔正往仓库走去。

我简直不相信能谋到这么一个好差事:只消开着车在城里绕上一圈,就可以拿到不菲的工资——这肥缺上哪儿找去?当然除了开车,还得干点其他的活儿,但那些都难不倒我俩。我们哥儿俩的工作就是为客人送货,比如办公家具或者文件柜之类的。

就在那个星期二下午,因为卡车另有用途,老板柯先生让我们开公司的小车去送货。那天并没有大的家具要送,只有一些包裹,实际上只要一个人就可把事情搞定,但柯先生还是让我俩一起去。

"不如趁这个机会学学怎么填写报表。"我离开仓库前,柯先生这样吩咐我。

填写报表根本没什么困难,只要在我们送货去的每一站,请收货人签名就得了。那天,我们需要去同一地区的好几个地方送包裹,正因为地方靠近,包裹很快就送完了。

"喂,在下一个路口转弯吧?"约尔对开着车的我说:"咱们已经做得够认真了,得休息休息啦。到哈瑞中心停一下吧?"哈瑞中心是当地的游乐场所,里面有各式各样的电脑游戏、电动玩具什么的。

转 变

"你在开玩笑吧?"我回答道,"咱们还得回店里去哩,柯先生知道我们今天送的货并不多,再说……"

"放心吧,"约尔打断我的话,"你信不信得过我?听我的,保管没事。"

他打开车门,径自下了车。我定定地坐在车里没动。我早知道约尔一向喜欢混水摸鱼,只是一直没被逮着就是了。可这一次很不同——这一次他要我跟着他一起开小差。

"你到底去不去呀?"他开始不耐烦起来。

"我不知道——"我回答,"这样做好像不对。"

"别那么一本正经的好不好?"他劝我,"难道玩一玩会冒犯你的宗教信仰?"

有一阵子,我希望我从来没有告诉过约尔我是个基督徒,但他毕竟知道了。我鼓起勇气说出我的想法:"我只是相信一个人做多少赚多少,而柯先生并没有付钱给我们玩啊。"

"放心啦,柯先生不会知道的!"约尔不屑地说。他从车窗外探进头来再问一次,"怎么了嘛?难道你们基督徒做什么事都束手束脚的吗?"

我最不希望的是给约尔一个有关基督徒的负面印象,但我还不至于笨得要在他面前屈服。可现在,我面临着一个极大的诱惑。

我听到自己这么问他:"我们要是迟了一个小时才回去,我们应该如何对柯先生解释?"

约尔咧嘴一笑,毫不思索地说:"车子爆胎呗!"

"这样啊?可是我们的车子并没有爆胎啊。再说,如果我告诉老板说我们修了轮胎,他一定要看收据的。"

"告诉他,我们并没有去修理,只是换上了备胎,他不会去检查的啦。就告诉他,我们使用千斤顶不太顺手,所以拖了一些时间。这就是防笨措施啊,懂吗?"

我知道,如果约尔认为信靠耶稣只是遵守一些死板的规则,那是我没有对约尔解释清楚。我想我今后可以在仓库里工作久一些,把"摸鱼"的时间补回来。可是,我心里仍有一个声音告诉我:这是不对的,不管我多么努力想把这件事合理化。

"约尔,我还是回去工作。"我下定决心对他说。

"拜托不要那么食古不化好不好?"他又说了。

我用发动车子引擎来回答他,我想他应该明白我并不是在开玩笑。

约尔爬上车,用力把车门关上,悻悻地说:"你真是的!"

"今儿你们俩回来得特别早啊。"在仓库停车的时候,管仓库上下货的瑞克招呼着我们。

"是啊是啊。"约尔回应着,抛给我一个埋怨的眼光。

"今天的货不多。"我回答道,不去理会约尔的表情。

"那请你们来帮点忙。"瑞克打点着工作。

"都是你,看吧,现在我们可得要在这个热得要死的仓库里待上大半天了,本来我们可以在哈瑞中心吹冷气的。"约尔又小声地对我抱怨。

约尔说得没错,仓库里热得像烤箱一样,而且密不通风。当汗水开始榨油似的冒出来的那一刻,我真是有点后悔没听从约尔的建议了。

约尔跑到仓库另一头,闷声不响地工作去了,理都不理我。在那之前,我们哥儿俩一直都处得不错,虽然我们的个性有着许

转 变

多不同。

"约尔,阿山,你们两个到我办公室来一下。"突然,我听到老板的叫声。老板的办公室要凉快多了,要能在那儿待着,一整天我也愿意。

"没看到你们把报表交回来,有什么问题吗?"我们在办公室里一坐下,老板就问。

约尔用一种优越的眼光看着我说:"今天是阿山负责报表的。"

"啊,糟了,"我惊叫一声,"我忘在车上了!我这就去拿。"我站起来便往门外跑。

"不急,待会儿拿吧。"老板说,"坐下坐下,阿山。我叫你们进来,是要告诉你们,那些顾客对你们的工作很满意,说你们不但动作快,而且很有礼貌。"

"谢谢!"我拘谨地回答。

"哦,谢谢谢谢!"约尔也赶忙接着说。

"你们工作的性质就是要可靠,"老板接着说,"一旦你们离开店里,一切都看你们自己了。很可惜,并不是每个人都有这种自制力。说老实话,当初看到你们太年轻,我还有点犹豫要不要雇你们。"约尔和我静静地听着,大气都不敢喘一声。

"现在我可放心了,"老板接着说,"我现在对你们有十足的信心,我希望你们俩能继续在这儿做下去。"

"没问题!"约尔抢着说。

"我也没问题,"我说,"只不过开学以后只能做半工。"

"这个我知道,"柯老板回答道:"事实上你在申请工作时就很诚实地提到这一点了,我雇你也是因为你的诚实。"

"是啊，阿山最诚实了。"约尔说，看了我一眼。柯老板自然不知道他那一眼是什么意思。

"回去工作吧，"柯老板说，"哦，对了，今天车子没什么问题吧？"

我皱了皱眉，不确定地："问题？没有啊。"

"那就好。方才你们上路后，我才想起来你们开的那部车没有装上备胎，要是你们在路上车胎破了，没有备胎就麻烦啦。以后我得多留心！"

约尔吞了一口口水："没有备胎呀？"

"还好你们在路上没有爆胎什么的，"柯老板慈祥地笑笑，"就这样啦。对了，阿山，现在去把报表拿来给我吧。"

"好的。"我应了一声，转身离开办公室，约尔紧跟着我跑了出来。

"嘿，阿山，等等我嘛！"约尔小声地叫着。

"我得拿报表去。"我头也不回地答道，尽量忍着不笑出来。

"你知道我们开的车没有备胎吗？"约尔急急地问。

"我怎么会知道？"我一本正经地回答。

"老天，如果我告诉柯老板我们的车胎爆了，自己换上了备胎，那简直……"

"还好你没有，"我提醒他，然后说，"我得拿报表去了。"

我急急地向停车场走去，一路上忍不住地咧着嘴。哈，约尔说的什么防笨措施！如果那时我放弃坚持，和他去打电动玩具，才真是大笨蛋呢——而且是个被炒鱿鱼的大笨蛋！

工具箱

不久前,我爸爸和我弟弟佐尔参加了斯迪的生日庆祝会。斯迪是佐尔的一个好朋友。

那是一个很特别的聚会。斯迪今年13岁,正是由少年进入青年的时期,他爸爸想要给他一个特别的生日。自然,光送生日礼物是不够的,斯迪的爸爸希望送给他的礼物都有着特别的意义。因此,他要求参加生日聚会的小朋友请他们的爸爸一起来,并且送给斯迪一件特别的礼物——爸爸们各自在工作中使用过的一件工具。

每一个父亲在送给斯迪那份特别的礼物时,还要给斯迪一个"人生功课",好让斯迪在今后的道路上走得更加稳当。那些工具和使用的人一样,都是那么的特别。

我爸爸送给斯迪一枝高级水笔,告诉斯迪说,这枝笔不但可以把他的思想记录下来,也在签合同时代表他的承诺。

在赠送礼物的过程中,有一个爸爸是专业营造师,他送给司堤一只小小的工具箱。

"里面是我常用的工具。"他说。司堤打开工具箱,拿出一把老虎钳子。

"这把钳子看起来也许不显眼,"这位父亲解释道:"但却是一件非常重要的工具。"

　　这位父亲告诉斯迪,有一次他砌一道墙,砌到一半,发现墙有点倾斜。他不但没有停下工程做修正,反而继续砌上去,暗地里希望这个失误会自动修正过来。可是事情越来越糟,最后他不得不把整面墙拆下来重新砌过,其中损失的时间和金钱就不用说了。

　　这位父亲说完,慈祥地对斯迪说:"在人生路上,有时你难免会发现犯了某些错误。到了那个时候,你可以有两种选择:收起你的自傲,把铁钉拔起来重钉;或者愚蠢地闷着头继续做下去,暗地里希望错误会自动消失。如果你不改,错误只有越来越严重。我送给你这把钳子,是想让你知道一个原则:发现犯了错误时,最好的解决办法是承认自己错了,然后将错误拔除,调整好角度重新来一次。"

兜 风

在我成长的过程中,爸爸一直是我的楷模。由于我四岁时爸妈就离婚了,我跟着妈妈住,因此并不经常看到爸爸。

那一阵子,我每隔两个星期才能看见爸爸一次,只有在暑假才可以跟爸爸住一段时间。虽然我和爸爸在一起的时间不多,但爸爸却对我的一生产生了很大的影响。每次我对他说话,他总是仔细地倾听,这让我产生极大的信心,知道我说的话都是有份量的。

星期天晚上,爸爸开车带我回到我和妈妈的家,一路上我们会讨论政治、时事、运动等话题。他对待我就像对待一个他十分尊重的成人一样,把我的意见当作有价值的见解。

14岁那年,有一次我和爸爸在车上时,我反常地一声也不吭,因为我不知道怎样告诉爸爸那件事。

爸爸会生气吗?他会看不起我吗?我屏住呼吸忖着,最后还是把那件事说了出来。

有一天,我到好友茱蒂家去过夜。我们的"过夜"方式包括烘烤蛋糕、打扑克牌,还看电视。到了半夜,我们都觉得有点无聊了,茱蒂16岁的哥哥史帝走了进来。

"咱们兜风去吧?"茱蒂建议,"爸妈都睡了,我们把车开上街去。"

"不要嘛，茱蒂。"我说，"你又没有驾照，你爸妈会很不高兴的。再说我也累了，想睡了。"

"雪丝呀，你就是太乖太胆小了啦。走吧，放轻松点！别扫大伙儿的兴嘛！我在车里等你哦！"

茱蒂说得没错，我想，我老是怕惹事。也许我应该跟她学学，稍微放轻松点。何况有史帝跟我们一道去，有什么好怕的呢？

不久，史帝和我爬上了那部福特卡车，茱蒂发动了引擎，震耳的音乐立刻响起来。我们开上小石子路，上街去了。

茱蒂的家在乡下，四周一片漆黑。好好玩！我很高兴我没扫大伙儿的兴，我坐在史帝和茱蒂中间，当然我们都记得系上安全带——防范于未然！

茱蒂的车速大约是45迈，这时她拐了个大弯。

"过瘾啊——"她尖着嗓子叫，车轮下的小石子像爆米花似地四下迸跳。

过了一会儿，茱蒂想闪过路旁的一堆石头，可是矫枉过正地转了个大右转。她又想把车开回到中线去，可是卡车太偏右了，茱蒂一打方向盘，整部车又冲向另一堆石头去。

"砰！砰！"车底发出巨大的碰撞声。茱蒂赶紧左转，卡车突然像游乐园的云霄飞车一样快速地打起转来。我们无助地在车子里晃来晃去、东倒西歪——车子已经完全失去控制了！茱蒂尖叫起来，两手从方向盘移开，蒙住自己的脸。我偎过去，紧紧地抓住方向盘，想把车子稳下来。

"快踩煞车！"史帝也在一旁大叫。时间一分一秒地过去，

车子还是撞来撞去。我们会死吗?我脑海里闪出这个问题。

我们的身体已经像一叠纸牌一样堆成了一叠。

突然,车子撞在什么东西上面,终于停了下来。我们那几只紧紧缠在一起的手啊脚啊总算分得开了。

车上一大堆碎玻璃。史帝想办法打开了车门,我们惶恐不安地爬下来,只见车子的保险杆已经撞得像麻花一样歪七扭八了。

我们竟然都没有受伤——虽然已经吓得魂不附体了。

这时,茱蒂开始发疯似地奔跑起来:"我不想活了!反正爸爸也不会饶我的。"史帝和我紧跟着她在后面追,把她拉了回来。虽然我们脚上的鞋都不知摔到哪儿去了,还是决定跑回两里路以外的茱蒂家去。我一点也没有感觉到脚下的小石头,也一点不觉得呼吸困难。

我有一个强烈的感觉,就是上帝救了我的命!

我用平静的语气把这件事告诉爸爸,他一声不响地从头到尾听完。我告诉爸爸,我很抱歉,对自己的行为感到很惭愧,接着说:"那时我只是希望茱蒂会喜欢我。平常我都尽量小心地不做错事,但那天我就是不想让茱蒂生我的气。爸,我知道我不应该跟她一起去的,我错了!你会生我的气吗?"

爸爸什么也没有说,只是用溢满慈爱的眼神注视着我,过了好一阵子才说:"丝丝,我很高兴你没事。你是个聪明的女孩,只是做错了事,我知道你不会重蹈覆辙的!"

接着爸爸告诉我:"我不想处罚你,因为你已经很自责了。"

那一刻,我下定决心:绝不再让别人牵着我的鼻子走!

爸爸接着又像对待大人一样,若无其事地和我谈着其他的事情。

  我知道我为什么会那么渴求知识，因为这来自爸爸——他相信他给女儿提供有价值的意见，他相信他能够影响他的女儿，即使在我犯了错之后。

雪娜哭了

放学后,他和同学们一起,加入了孩子们的玩闹,一边踢球,一边嘻笑,喊着雪娜的绰号。

雪娜和他们不一样,她不是很聪明。她的朋友都想:雪娜生来就少根筋,难怪什么事都跟不上拍。

他也加入他们的阵容,把雪娜惹得哭哭啼啼。可是他的内心里,不知道为什么,他想着妈妈教他的——对与错的道理。

他的心里一直回响着他最喜爱的歌:"孩子,你要尊重人,就像你要人家尊重你。"

记住,你伤害了别人,有一天人家也会伤害你。

他知道妈妈不会明白,他们游戏的目的是什么。他们取笑、惹雪娜哭泣,他们就觉得很得意。

雪娜的脸上冒着傻气,她跺脚的样子也很滑稽。他们学她走路——一瘸一拐,学她说话——期期艾艾。她活该这样被作弄,因为她从来不想躲起来。

如果她不想被惹哭,她就不应该出来。可是每天她都这样,出来跟大家玩。被人欺负了,站在那儿眼泪直淌,又不想走开。

游戏总会完,就像眼泪也会干。

他们的游戏只是要惹她哭。

大约有两个月，他没看到朋友们。此刻，他感觉有些紧张，有些不安。他慢慢走进教室，希望没有人注意，他祷告没有人问他，有关他的消息。

他骑车撞了车，他的脚跛了，脸上还有一块大大的伤疤。

他忍住呼吸，闪进教室去。一幅横幅上写着"欢迎回来"，横幅上还系着红汽球。

他的脸上绽出微笑。他想出去玩，做最想做的事。

他踏出教室的那一刻，他的朋友都等在那儿。他希望有人拍他的背，可是他们都站在那儿不动。他的脸一阵热，一瘸一拐地走过去，

他想踢球，还要惹雪娜哭。他尴尬地咧开嘴笑。有人大笑出来，他听到有人说："怪人，你的面具从哪儿来的？"

他转过身去。他以为那是说雪娜，但雪娜不在那儿。哦，是他脸上的疤。

这话多不雅，可是他只有假装笑，不想投降，心里却想哭，下巴发着抖。"他们只是开玩笑。"他这样想。他们还是我朋友，他们不会伤害我。但是残忍在扩大，他们笑他的跛、笑他的疤，他知道，要是他哭，他就成了懦夫，他们会更起劲地辱骂他。

他不知道为什么，但他很清楚，游戏不会结束，除非把他惹哭。

他正想大哭，听到背后有人说："别笑他，他是我朋友。"

他转过身去，看到雪娜，她脸上写着坚定。她主动站出来，想取代他。

他的朋友停下来，想惹雪娜哭。他没再加入，至少他知道为

转变　197

什么不能那么做。

"孩子你要尊重人，就像你要人家尊重你；记住，你伤害了别人，有一天人家也会伤害你。"

尽管需要很大的勇气，但他知道自己必须坚强，在对与错之间，至少他知道该如何选择。

雪娜不再奇怪，他很了解她，现在他再也不瞎胡闹，不再去惹雪娜哭。

他们笑他好几天，对他很不客气，但他们看到了他的勇敢，他们开始喜欢他。

现在，在运动场上，他们天天一起玩，踢球，嬉笑，并且教雪娜怎么玩。

成长

小霸王

　　我上初中时的一天，班上的小霸王在我肚子上揍了一拳。这一拳打得我火冒三丈，那种侮辱感更是令我难以忍受。我决定实施报复，准备第二天在自行车停放地等他，到时狠狠地修理他一顿。

　　不知出于什么样的考虑，我居然把这个计划告诉了奶奶（真不该让她知道的），她好好地训了我一顿（奶奶真能说话）。奶奶一直絮絮叨叨地说着，什么"善有善报，恶有恶报"啊，什么"严以律己、宽以待人"啊。我耐下心来听她训导，同时告诉她，我从来没有做过什么坏事，但别人回报我的总是一大堆脏话（我才不敢告诉她那些脏话是什么）。

　　可是她仍然坚持说："你做的每一件好事终归会回报到你身上，坏事也一样。不是不报，时候未到。"

　　30年过去了，我终于明白了奶奶这番话的真智慧。奶奶住在养老院时，我每个星期二都会陪她出去吃晚饭。我看到她总是穿戴的整整齐齐的，坐在门口的椅子上等着我。

　　我还清楚地记得我们最后一次吃晚饭的情形，不久之后她就住到疗养院去了。我们开车到一个家庭式餐厅，我为奶奶点了一份烤菜，给自己点了一份汉堡。东西来了，我大口大口地吃着，奶奶却坐着没动,她只是盯着她面前的食物看。我把自己的盘子移开,拿过奶奶的盘子,把盘子里的肉切成一小块一小块,然后再把盘子推回她面前。奶奶那时已经十分衰弱,拿不动叉子,于是我帮她叉起肉,送到她的嘴里。

这一刻我突然想起,我很小的时候,奶奶总是把我的食物切成一小块一小块的让我吃。40年后,奶奶爱心的呵护得到了回报,的确是应了她当年的那句话:"你做的每一件好事终归会回报到你身上,坏事也一样。"

当年的那个小霸王又怎么样呢?

他碰到了九年级的小霸王。

当头棒喝

我坐在浴缸里,瞪着浴缸边的墙板发愁——这些墙板都发霉了,什么时候才能完工呢?

这时,13岁的儿子瑞恩跑进浴室,问我:"爸,你可以带我去打高尔夫球吗?"

我一心记挂着赶紧把浴室装修完。天气预报说,明天又是俄勒冈州典型的阴雨天。我心里喊着"不行",嘴巴说出来的却是"好啊,有什么计划?"

"星期五放学后你来学校接我和杰利,带我们到球场去,好吗?"

"这主意倒是不错。"

星期五到了,雨还是淅淅沥沥地下着。我望望窗外,自言自语地说:"打什么球嘛?装修浴室要紧哪!"但到了与儿子约好的时间,我还是下定决心:暂时放下装修浴室的事儿,好好陪儿子打一场球。

我把儿子的球具和自己的球具搬上车,穿上防雨外衣,就开车上路了。在学校门口,让等在那儿的瑞恩和杰利上了车。

瑞恩看到我,表情有些迟疑。

"爸,你怎么戴高尔夫球帽呢?"

这真是个笨问题,就好像问一个要去潜水的人穿上蛙鞋干什么一样笨。

"不是去打高尔夫球吗?"

一阵怪异的沈默,好像电话线突然断掉一样,令人措不及防,但也不知该说什么。

"爸,你、你也去啊?"

就在这一瞬间,我明白了——他们根本不想和我一起打球,只是要我送他们去球场。

13年的时光"啾"地一声倒流到眼前:从儿子呱呱坠地到手忙脚乱地换尿布,从半夜里睁着睡眼喂奶到辅导他做功课,从陪他堆积木到教他修脚踏车,从他参加球赛到陪他露营,不管做什么,儿子和我不都是在一起的吗?

可是,这会儿,人家不要我了,父子俩那亲得不能再亲的关系已经进入尾声。

儿子这一问,就好像是说:"再见啦,老头子,谢谢你给我那么美好的回忆,可我现在长大啦,我能张开翅膀单飞啦。老头子呀,回你的摇椅里去吧,安心做你的拼字游戏吧。哦,对了,这里有一张优惠券,你去买两罐'健老乐'吧。"

一连串的回忆在两秒钟之间飞速闪过,只剩大约三秒钟的时间可以反应——别让瑞恩以为我非得跟他们年轻人打球不可。

我一定要说点什么。我要板起脸教训他:你怎么可以这样对待爸爸?把爸爸像螃蟹壳一样地掰开丢掉?我们不都是一伙的吗?你这样简直是恶意遗弃、简直是忘恩负义嘛!

这就如同小兵告诉老将:"这战场现在是我的了,您一边歇着吧!"又好像是小徒弟对老师父说:"现在是我闯天下的时候

了，师父珍重，徒弟告辞！"

为什么要改变呢？

这些复杂的情绪几乎让我爆炸。我不能就这样放弃，我一定要让他知道这多伤我的心。就是打落牙齿和血吞，也要让这小子知道说这种话多么不应该。

然而，我却听到自己潇洒地说："我？跟你们打球？算了吧。你没看到一大堆装修浴室的活儿等着干吗？哪来的时间？下回吧！你们自个好好玩吧！"

一路上再没有人说话。我又想到，有个问题该问问他："怎么样，待会儿打球的钱怎么付啊？"

我抛出这个问题，就好像一个受伤的战士勉力掏出刺刀反击一样。

儿子支吾了半晌，终于出招："嗯，爸——可不可以借我七块钱？"

我知道了，我这个人他不要，可我的钱他还是用得着的。

"拿去吧。"我爽快地掏出钱递过去，唯恐他把手缩回去。

我让他和杰瑞下车，祝他们玩的开心，然后就开上了回家的路。

儿子自己去打球了。没有人在他身边教他怎么挥出五号杆，没有人教他怎样应付难缠的下坡球，没有人教他怎样把球挑出沙坑……要是打雷了怎么办？要是太冷了怎么办？要是有球车失控向他冲来怎么办？要是遇到野鼠怎么办？他还那么小——谁来照顾他呢？

就这样，我形单影只地和儿子分开了。不是暂时，而是永远地分开了。我们父子相连的线已经断裂了，此后的生命和从前也不相同了。

我垂头丧气地走进家门。

"怎么回来啦？"太太问。

我知道，如果我据实以告，听起来一定像一个13岁的小男孩诉说没有人邀他玩一样的幼稚，但我还是把实情对太太说了。

"他们根本不想和我玩。"我说着，眼泪险些不争气地流了下来。

又是那种怪异的沈默。太太笑了——她笑得很爽朗。一开始我觉得很委屈，接着我也跟着笑了，气氛一下子变得轻松起来。

我继续装修浴室，思维沉淀了下来，开始明白生命本来就是如此：改变。这是父亲和儿子都必须面对的；改变，这不正是多年来我一直为他做的准备吗？他不但不再和我一起打高尔夫球，而且将单打独斗地去面对很多事。他有他自己的人生，他有他自己的信心。

上帝正在重新装修我的儿子，在这里加点空间，在那里加一些装饰。总之，上帝容许他活得更像他自己，而不再让我继续牵着他走。就像我在瑞恩这个年纪时，我不也是把球具袋往肩后一甩，骑着自行车走五里路到那个小小的公用高尔夫球场吗？那个小球场在我的心目中简直就像今天的奥古斯塔国家球场那么宏大。

那时我觉得自己是多么的了不起，昂首阔步地走进那个缭绕着香烟的休息室，豪气万千地把打九个洞的两块钱拍在桌上。那时，我希望爸爸和我一起去吗？才不呢。是男孩就该长大！

我继续装修浴室。过了几个小时，我听到瑞恩从前门走进来。我听到他对他妈妈抱怨怎样打不进洞、总是把球打偏、整个

球场好像一口大泥塘,等等。他的声音让我觉得很像我认识的什么人。接着,我听到他踏着吱吱响的球鞋走进浴室。

"爸,"他轻轻地叫了一声,对我说,"今天打得烂透了,下回你可不可以和我一起去打?我得请你教几招。"

看着全身湿漉漉的儿子,我差点一把他抱起来。我将电锯加快旋转,用震天的响声来庆祝。

"我还是有用的!"我想大声对上帝说,"谢谢你让我参与了儿子的装修工程!"

可是我不动声色,摆出一副做父亲的正经面孔,很有威严地说:"好吧,没问题。"

良性循环

走廊里传来开灯的"嘀嗒"声,接着响起爸爸的脚步声。我在床上翻了个身,嘟哝一声,我知道爸爸接下来要说什么。

"七点了,该起床喽!"是爸爸愉快的声音。

我把枕头拉起来捂在头上,抱怨着:"我就不能再睡一会儿吗?"我已经18岁了呀!

"我们有好多事要做呢。"爸爸这样回答我,"大家都准备吃早餐啦。"

我一边梳洗,一边依然嘀嘀咕咕的。为什么我就不能过正常一点的生活呢?

下楼一看,家人们都已经围坐在长长的橡木餐桌边了。我的七个弟弟妹妹——从16岁到1岁——刚做完餐前祷告,就迫不及待地狼吞虎咽起来。

爸妈的八个孩子中,有五个是领养的。我的家庭和一般住在郊区的家庭大不相同,最大的不同是我们住在一栋不大的农舍里。爸爸要我们帮忙做的杂事——喂养牲畜、清洗马厩、整理园子——对我那些住在城里的朋友来说是很陌生的。当他们在假日早上睡到日上三竿或是看一整天电视时,我却和家人一起干着园里的杂事。我真的不喜欢干这些活儿。

早餐吃完了,我转过头去问爸爸:"今天有什么事做?"我的意思是让爸爸知道,我认为我应该还是在床上的。

"果园,"爸爸回答,"果园需要浇水。如果我们一起动手,一个小时就可以完工的。"

所谓的"果园",其实只不过是20多棵膝盖那么高的小树罢了。两个妹妹拉着水管开始给小树浇起水来,爸爸、妈妈则蹲下身来除草,我也随便抓起一条水管,心不在焉地往果树上喷着水。那些果树被科罗拉多州的烈日晒得干瘪瘪地,正渴望着水的滋润。

"不能这样,你得让树完全吸收这些水分。"

爸爸走过来检查我的工作,纠正我说:"你得让水管在每棵树上多停留一会儿。"

我简直忍无可忍了,不耐烦地叫道:"干吗浇这些无聊的树啊,根本成不了气候嘛!"

爸爸平静地看着我,似乎在寻找最恰当的答案。接着他和气地对我说:"这些小树有一天会长成高大的果树的。我和你妈妈希望为我们家营造一个舒适而诗意的居住环境,这是我们的梦想。"他停了一下,环视一遍我们家的庭园,眼光在几个弟妹身上停了好一会儿,最后落在我身上:"所有的梦想都需要辛勤工作并且付出足够的时间才能实现,你要记住!"

说完他又埋头工作,留下我呆在那儿愣愣地琢磨他的话。我看了看我的家人,妈妈正在帮两个弟弟小心地拔一丛小红莓周围的野草,一个妹妹陪着两个最小的弟妹玩耍,爸爸拣了最重的活儿——挖开坚硬的泥土,把小树种到土里去。

我看到烈日下的爸爸汗流浃背,默默想:"爸爸这么辛苦地工作，究竟为了什么呢？他为什么要为我们做这些？"

正胡思乱想时，只见弟弟菲利跑过来，兴奋地叫着："嘿，爸，快过来看看我做的。"

原来菲利把倒下的篱笆修直了，虽然仍有些歪歪扭扭，钉子也钉歪了，从旁边凸了出来，但是他脸上挂满了笑容，一副很得意的样子。

我暗暗哼了一声，难道菲利不知道别人还得重来吗？

可是爸爸的反应大出我的意料："你做得很好！你自己找工作来做，而且把它完成了，很好！"

我不明白，这活儿如果爸爸自己来做，不是更轻松一些吗？让弟弟笨手笨脚地胡搞有什么好处呢？

还有，如果我们搬进一栋无需做这么多维修工作的房子，不是更好吗？爸爸妈妈是真的喜欢做这些事，或是他们另有动机？

我们现在居住的房子比刚搬进来时已经大有改观了。这房子是在经济不景气时建的，是一栋白色的农舍，我们刚搬来时只有两个房间和一个加建的小厨房。但是爸爸妈妈看出这栋房子有着扩充的余地，搬来后他们花了几年的时间重新装修，也在空地上种了不少花草树木。弟弟妹妹陆续来报到，房间不够了，他们就动手加盖房间——前后进行了三次。如今它已经成了一栋可以容纳爸妈和我们八个兄弟姐妹的舒适的住所了。我从来没有仔细想过，爸爸妈妈为我们付出的一切——直到那一刻。

我开始安下心来，认真地干活。我默默想着，这也许就是爸爸妈妈所要教给我们的道理。

那天之后，很多年过去了，我经常思想着爸爸的话："所有梦想都需要辛勤工作，并且付出足够的时间才能实现。"

　　这话时常清晰地在我的脑海里回响,陪伴着我去大学就读,陪着我走上工作岗位,甚至我结婚以后依然如故。爸爸的话深深地嵌在我的心坎上,成了我灵魂的一部分,有时我也会不经意地说出同样的话来。

　　当我和丈夫买下第一栋房子时,首先要装修,而光秃秃的庭院也需要种上一些花木,于是我到园艺店买了一些花苗、树苗。

　　过了几天,我邀爸妈到我的新家小住几天,我向爸妈展示那天的采购成果。

　　妈妈一看,就兴奋地怂恿我:"咱们现在就把它们种下去吧!"一边说一边跑到车库里去找工具。

　　我们都兴致勃勃地动起手来。我从妈妈手中接过铲子,开始挖土。挖到一半,我突然感觉少了什么,赶紧停下来,跑进屋里去,把正在看电视的女儿和她的朋友叫出来。

　　"快来帮忙把这些树种上吧!"

　　"可是它们并不是树啊!"大女儿不解地问:"种这些东西做什么呢?"

　　我不加思索地地回答她:"如果我们一起动手,很快就能做好的。还有,现在它们看起来好像不是什么,可是有一天它们会长成高大的树喔!"

　　这时,我看见爸爸在一旁咧开嘴笑了。

福兮祸兮

在一个小村子里,住着一位老公公。虽然这个老公公很穷,可是大家都羡慕他——因为他有一匹高大俊美的白马,连国王都很想拥有这匹马。这匹马的确不同于普通的马,它不但英姿飒爽、精力充沛,而且具有一种别的马没有的高贵气质。

很多人出高价想把这匹马买过去,可是老公公一点也不动心,只告诉他们一句话:"这匹马不只是一匹马,它是我的朋友,我怎么能把朋友当作东西卖掉呢?"尽管老公公穷得什么也没有,但始终不肯出售这匹马。

一天清晨,老公公到马厩去,发现他的马不见了。消息传出以后,全村的人都来看老公公。有人讥笑老公公说:"傻老头!我们不是早告诉你了吗?有一天你的马会被偷走的。你那么穷,哪有能力保护这么高贵的马啊!你早该把它卖了,那时你想卖多少钱就能卖多少钱。看吧,现在马没啦,多倒霉呀!"

老公公说:"别说得太早。现在我只能说,我的马不在马厩里,这是我所知道的,其他都只是你们的判断罢了。你怎么知道这事是福是祸?凭什么断定呢?"

可是周围的人都不以为然,反唇相讥道:"别当我们是傻子啦!我们虽然不是哲学家,但这种简单的道理哪用得着哲学家

呢？谁都晓得你的马丢了，这不明明是走霉运嘛！"

老公公又说："我所知道的只是马厩是空的，马不见了，其他的我一点都不知道。是福是祸我可不敢说，我们看到的只是这件事的一部分，谁能说接下来会发生什么呢？"

乡亲们都笑了，他们觉得这个老公公老胡涂了。他们本来就把这个老公公看成是个大傻瓜，如果他不傻，不是早就把马卖掉，用卖马的钱好好养老吗？可他偏不，宁可一天到晚辛辛苦苦地砍柴，苦巴兮兮地把沉甸甸的柴木从林子里背出来卖，过着吃了上顿没有下顿的日子。今天这事更加证明，他是一个不折不扣的大傻瓜！

半个月以后，马回来了。原来这匹马并没有被偷走，只是自己跑到森林里去了。这回它不但自己回来了，还领了12匹野马回来。村人们又聚到老公公家，对他说："老头子啊，你说对了。我们原以为你倒了霉，想不到你走的真是大鸿运。我们那会儿说错话了，真对不起！"

老公公回答说："你们又把话说得太过了。现在我们只能说，马回来了，没错，还带来了12匹马。但可先别下断言，我们看到的只是一个片段，除非你知道整件事的全貌，否则你怎么敢下断言？你所看到的就好像是一本书里的一页，怎能断定整本书的内容呢？你只是读到一个句子里的一个字，怎么能知道整个句子是什么意思？"

老公公的话像泉水一样流淌而出："生命是那么的漫长，可是你们光凭一页书或一个字就对生命下了断言。先别说这是鸿运还是霉运，没有人能知道的。我对我知道的很满足，至于我不知道的呢，那也用不着我来操心啦！"

也许老公公是对的，乡亲们都这么说。于是他们不再随便开口了。可是在他们心里，他们依然认为，老公公错了！12匹马咧，只要下一点工夫，就能够把这群马训练好，然后卖个好价钱了。

老公公有一个儿子，是他的独生子。这个年轻人开始训练这群野马了。几天以后，年轻人从马背上摔了下来，把两条腿摔断了。村人们又聚到了老公公家里，七嘴八舌地对这件事大加评论。

"老头子啊，你又说对了，"他们说着，多少有些幸灾乐祸的味道，"你果然料中了，那12匹马不是福气，而是祸根啊。你就这么一个儿子，现在摔断了腿，谁来帮你干活呢？你老怕是要比以前更穷啦！"

老公公又说："你们这些人总是急着下断言。话可别说得太满哟，我儿子只是摔断了腿，可谁知道这是福是祸呢？谁也不知道啊。我们只看到事情的片段罢了，可生命是许许多多片段接在一起的啊。"乡亲们摇着头走了，纷纷议论着：老头子不但胡涂，还嘴犟不认输呢。

几个星期之后，这个国家和邻国爆发了战争，村子里所有的年轻人都被征召上战场去了，只有老公公的儿子因为摔断了腿，没办法作战，所以还能安然待在家里。

乡亲们又跑到老公公的家来，又哭又喊的，因为他们的儿子上战场去了，而且听说敌人非常强悍，他们很可能会战败。看来他们儿子的生命难以保不住了，他们也许再也看不到自己的儿子了。

"老头子，你对了，"他们哭着说，"上帝知道你是对

的。现在事情已经一清二楚了,你的儿子摔断腿果真是福气。腿是摔断了,但好歹能留在你身边。我们的儿子呢?恐怕回不来了……"

老公公又说了:"唉,跟你们简直说不通,你们总是犯同样的错误。谁晓得呢?我们只能说:你们的儿子上战场去了,我儿子没去。谁知道哪个是福、哪个是祸?除了上帝以外,没有人能预知未来啊!"

开学日

开学第一天,学校要到下午一点才开门,所以我们有足够的时间,先到麦当劳吃早餐,然后去购买文具——该买的文具清单前一天就登在报上了。几天前你就提醒我们,记得要去麦当劳吃早餐。"每年开学第一天,我们总是去麦当劳吃早餐的。"你这么说。

听你这么说,我的心里有一股说不清的感觉。也许是以你为荣吧,高兴你热爱这个有些孩子气的小传统;或许也有一分欣慰,你乐意和家人共度这个特别的早晨;但同时我也有一丝伤感——我无法让自己不伤感,这毕竟是你高中最后一个开学日了。

你从楼上走下来,穿戴得整整齐齐,头发也梳得熨熨贴贴的。暑假里晒得发亮的皮肤和稚气的雀斑,在薄薄的脂粉下还隐隐可现。"妈妈早!"你露出洁白的牙齿,微微一笑。再也不需要一天到晚看牙医、做牙齿矫正了,再也不需要气急败坏地找胶水、修补摔破的眼镜了。牙套和隐形眼镜毕竟是值得的。

"妈,明天放学后我得去照毕业照,我可以用车吗?"

"没问题。"我说,然后提醒你下午三点要带妹妹去剪头发。你新拿到的驾驶执照还真管用。

妹妹艾美和弟弟本杰都准备妥当以后，我们就出发了。在麦当劳餐厅里，我们一面吃着汉堡什么的，一面回忆着那些属于开学日的点点滴滴——第一天上幼儿园、第一天上初中，还有那可怕的高中第一天——学校实在太大了。你们姐弟三人七嘴八舌地抢着说，一会儿提到一些尴尬的往事，一会儿吹嘘自己得过什么奖，一会儿又说自己的朋友如何如何，或是什么恐怖的回忆，不时地打断彼此的话题。

吃过早餐，我们赶去购买文具，然后我带你们到学校去，先送弟弟妹妹到他们的学校，最后才送你。你下车前对我说："妈妈，再见。"一转身，又回过头来对我一笑，说："妈妈，谢谢您！"这就像你的临别亲吻，让我想到你第一天上幼儿园时不愿进教室的小模样，想到你已成为一个自信的少女……

我只能用"我爱你"来回答，但我希望你能听到我所没有说出来的话。我想告诉你：你是多么的特别，因为有了你，我和你爸爸感到多么幸福；我们对你的信心、希望有多深刻，我们多么追切地为你祷告，为你感谢上帝。校门在你的身后关上了，我好想对着你大叫："等一等！我们还有好多事儿没做呢。我们还没去夏威夷，我们还没有一起乘游轮，我们一起写的诗集还没有出版，我们还没有去小木屋、除了看书什么都不做呢。你还不能走……等等！"

但我知道你不能等，我们也不能一直把你留在身边，阻止你前进，你有等着你去完成的使命。因此，我知道虽然这是我们在一起的最后一个开学日，却也是你另一段人生的开始。

想到这里，我满心喜悦——祝福你，我心爱的女儿！

爸 爸

4岁时：我爸爸什么都行！

7岁时：我爸爸知道得很多很多。

8岁时：我爸爸并不是什么都知道。

12岁：一般说来，爸爸应该不会懂这个的。

14岁时：爸爸？老古董哟。

21岁时：他跟不上时代啦！

25岁时：他好像知道一些，但不是真懂。

30岁：也许可以问一问爸爸。

35岁：等一等，该问问爸爸我们是否应该做。

50岁：我知道爸爸会怎么想，他是那么的聪明。

60岁：爸爸每件事都知道。

65岁时：如果爸爸在这儿有多好，我一定会和他好好谈谈。我真想念他老人家！

记 号

那个年轻人独自坐在那儿,睛都盯着窗外一动不动。他看起来约莫二十出头,长得挺英俊的,深蓝的眼睛和他的深蓝衬衫搭配得很好,头发剪得短短的,显得干净利落。

有时候他会迷茫地将目光移开,皱着眉头,似乎期待着什么,又担心着什么。他那焦虑的眼光引起邻座一个老奶奶的注意。客车正驶近一个小镇,这位老奶奶移步过去,坐在年轻人身边。

稍稍寒暄一番后,年轻人告诉老奶奶说:"我在监狱里待了两年,今天早晨刚出来,我现在正要回家。"

他告诉老奶奶,他的家虽然贫穷,可是父母都很有志气,他那次无知犯法伤透了父母的心。在监狱里整整两年,他都没有接到父母的片言只语,后来他渐渐地也没有再写信回家了。

三个星期以前,他写信告诉家人自己即将出狱,并且告诉他们他多么的对不起他们,他恳求他们原谅自己。

他接着又解释说,他搭的这一班车,会从他家门口经过。他在信上告诉他的父母,如果他们不接受他,他也不会抱怨的。

为了让父母不至于太难堪,他请他们到时候给他一个记号,让他在车上可以清楚地看到。如果他们原谅他了,就在家门前的苹果树上系一条白丝带；如果他看不到白丝带，他就会坐这班车离开家乡，永远地从他们的生活中消失。

老妇人听了年轻人的心事，问他："我和你换个座位，我帮你看，你说这样好不好？"年轻人同意了。

车子往前开了一阵子，老妇人看到那棵树了。她轻轻地拍了拍年轻人的肩膀，手指着窗外，含着眼泪说："看哪看哪！整棵树都挂满了白丝带！"

年轻人的眼光不再迷茫，而是闪着亮亮的泪光。

习　惯

我和你同进同出，
我是你最好的助手，
也是你最大的负荷。
我会督促你前进，
也会拉着你后退，
我完全听从你指挥，
没有一星半点抗拒。
你作的事有一半
责任会推给我，
我也会很快完成使命。
你有权利操纵我，
或者你对我放纵，
或者你对我严格。
我有能力适应你，
告诉我你怎么做，
我就可以与你步调一致。
我是伟大者的仆人，
也是失败者的帮手。

伟大者我可以使他更伟大，
失败者我可以使他再失败。
我不是冷漠的机器，
虽然我为人们服务，
也很像机器那么准确。
你可以用我创造财富，
也可以用我败家毁业，
对我而言，这没什么不同。
锤炼我，对我严格，
我可以给你整个世界。
放纵我，对我松弛，
我可能使你失去全部。
我是谁？我的名字叫——
习惯。

抉　择

　　随着毕业的来临，我们面对着种种抉择。我们曾经少不更事，可是现在我们必须像一个成年人，慎重地做出自己的抉择了。

　　学校与家庭的教育，为我们打下了信仰与人生的根基，让我们做好准备，迈向未来的旅程。

　　我们当中有人已经选定了前进的方向，但也有人还在十字路口徘徊。有人要上大学，继续深造；有人可能步入婚姻的殿堂，生儿育女；有人会为保卫国土而参军入伍，也有人即将投身工作岗位。不管我们选择哪一条路，我们都必须记得自己是谁、我们代表着什么。

　　人生是漫长艰难的旅途，有时我们可能力量不足，无法面对前面的坎坎坷坷，

　　但我们必须学会在忧愁中微笑，并懂得如何分享快乐、分担痛苦，在茫然无助时寻求帮助。我们不求获得，只求付出。我们还应学会分辨善恶、知晓是非，维护良善、抗拒恶事。

　　尽管前途漫漫、充满险阻，却能引领我们找到归属。唯有跋涉过人生之路，我们才能真正学习成熟。

最好的朋友

我第一次遇见茱莉,便立刻和她成了最要好的朋友。我们有着同样的爱好,同样的感受,甚至同样钟爱向日葵。

我们好像是在最恰当的时候找到了彼此。原先我们是属于不同的小圈圈的,但和这些朋友总是格格不入。或者说,和他们在一起觉得不是很自在。所以,当我们第一次发现彼此的存在时,实在是兴奋极了。

我们的友谊发展很快,慢慢地,我们的家人也成了朋友。大家都知道,只要有茱莉的地方,一定有我;只要有我的地方,一定也有茱莉。

我们上五年级时被分在不同的班里,但在餐厅吃午餐时可以碰到一起。我们坐在自己班级的餐桌上,可是总不安份地转过身来交头接耳。餐厅管理员很不喜欢我们的举动,因为我们总是把餐桌之间的通道挡住,害得同学们行走不便。而且我们总是大声说笑,午餐也顾不上吃,可是我们一点都不在乎。

老师们知道我们是秤不离砣的好朋友,但也是一对捣蛋鬼。我们的肆无忌惮终于让我们吃到了苦头,老师警告我们说,如果我们还是这么疯闹,就永远也别想编到同一班了。

那年暑假,茱莉和她弟弟常常到我家来。我们一起游泳,一

起散步,一起练习吹长笛。我们互赠纪念品,并且提醒对方,一定要把这个纪念品随时带在身上。

暑假很快就过去了。接着,我们都上了初中。正如老师警告的,我们没有被编进同一个班。但我们一如既往地互致电话,到对方的家里去,一起参加合唱团,一起在乐队里吹长笛,没有任何事能阻隔我们的友谊。

到了七年级,我们还是没有同班,而且午餐时的座位也离得很远。这时,我们好像面临了一个考验,我们都在埋头复习功课。我们各自交了新的朋友,茱莉开始和一群人密切来往,而且在学校里风头正劲。

我们在一起的时间越来越少了,而且也很少给对方打电话了。我在学校里遇到她时,凑过去想和她说话,可是她总是故意冷落我。有时我们好不容易说上一两句话,也总有她的新朋友走过来打扰,而茱莉总是头也不回地跟着她们走开,把我丢在那儿——这滋味真不好受。

我实在不明白,她什么会这样。我很确定她不了解我的感受,但是如果她不了解,我又该怎能向她表白呢?如果她听不进去该怎么办?

我也开始和新朋友密切来往,但这和以前的感觉完全不一样。我和艾琳谈过我的困惑,她和茱莉曾经也是很亲密的朋友,最近茱莉对待她的态度也像对我一样,她同样感到被冷落。我们决定敞开心扉,和茱莉好好谈谈。

打这个电话并不容易,向茱莉表白我内心的感受是很困难的。我也有点担心这样做会伤害到她,或者会惹她生气。可是有趣的是,当我们两个在电话里谈开来时,又成为好朋友了,她还是那个我熟悉的茉莉。

  我向她解释我的感觉，她也向我说出她的感受。到这时，我才明白受到伤害的并不只是我一个人。她不能和我交谈时她也感到孤单，那她应该怎么办呢？不再交新的朋友吗？我以前也没想过。但是她觉得我和我的新朋友把她冷落了，有时候我甚至一点也没有注意到我忽略了她。

  我们一定是谈了很久很久，因为等到我们谈完时，我哭湿了一包面巾纸，但心中的重担终于卸下了。我们两人都决定和彼此的新朋友做朋友，但也不会忘记属于我们两个人的快乐时光。

  如今，回想着这过往的一切，我不禁会心地笑了。

  茉莉和我终于在同一个班里上课了。还有，我们还是改不掉叽叽喳喳的毛病。

  现在茉莉并不是我最"要好"的朋友，她就像我的姐姐。我们还是喜欢同样的事物，有着同样的感受，我永远不会忘记她。我们明白了一个道理：许多事是会改变的，人也是会改变的，但这并不表示你会把过去一笔勾销，或者掩盖起来。这些改变说明你在往前走，而过去的美好仍深深地珍藏在你的心中。

信 心

凯文的世界

我的哥哥凯文认为上帝住在他的床底下——至少,我是听到他这么说的。

有一天晚上,他在熄了灯的卧房里大声祷告,我站在那扇关着的门外偷听。

他祷告说:"上帝啊,你在那儿吗?你在哪儿?哦,我知道了,你在我的床底下。"

我窃窃地笑了起来,踮起脚尖溜回自己的房间。凯文对事情的看法常使我发笑,但是那个晚上有些事让我沉思良久。我第一次体会到,凯文的世界跟我的是多么的不同。

凯文是在30年前出生的。由于难产,他一出生便有智能障碍。虽然他的块头很大(将近1.9米高),可是其他方面都不像大人。他的思维方式和与人沟通的方式就像一个七岁的小男孩,而且将会一直停留在这个阶段。

他也许会一直相信上帝就住在他的床底下、圣诞老人会在他的袜子里装满礼物,而飞机能够在天上飞是因为天使把它托了起来。

我曾经猜想过,凯文是不是知道他和别人不一样?他对单调的生活是否曾经感到不满意呢?每天天未亮,他就到一个智障者工作坊去做事，回到家便去遛狗，然后品尝他最喜爱的乳酪通心面，接着就倒头大睡。唯一有变化的是每周一次的洗衣时间，到了那个时间，他总是兴高采烈地把一大叠衣服抱到洗衣房去，就好像妈妈抱着心爱的婴儿一样。

他好像从来没有感到不满足。他每天总是高高兴兴地搭早上7点过5分的公车去上班，每次看到煮晚餐的水滚了，他总会喜滋滋地搓着手，每个星期有两次他会睡得比较晚，把我们换下来的衣服收集起来拿去洗。

到了星期六，哦，快乐的星期六！爸爸总会带凯文到机场咖啡厅去喝杯饮料，看飞机起起落落，然后大声地讨论那些飞机究竟要飞到哪里去。

那一架要去芝加哥！凯文一边叫着，一边拍手。每到星期五晚上，他总是巴望着星期六早点来到，常常兴奋得睡不着。

我想凯文一定不知道，在他单纯的生活之外，还有许多很精彩的事，他不知道什么叫做不满足。他的生活单纯得透明，他永远不会知道权利斗争的错纵复杂，他也不在乎穿的衣服是什么品牌，每个人在他心中都一样，都是他的朋友。他不用担心有一天他的欲望不会得到满足。

凯文十分勤快，工作时总是兴致勃勃的，洗衣、叠被、吸尘，他非常用心地做着这些事。他从不会让手头的工作积压下来，只要开了头他就会一直做完。在工作之外，他知道如何让自己放松下来，不会被自己的工作或别人的事情绊住。

他的心地是那么的纯洁，他相信每个人说的都是真话，每个人做出的承诺都一定会兑现。而当你做错事时，你一定会道歉而不是争论。他一点也不虚荣，一点也不在乎外表，当他觉得受伤、生气、抱歉或必须哭泣时,他会很直接地表达出来。

他一直都是透明的,真诚的透明。

他信赖上帝。他的信仰不被知性所局限,当他来到基督面前时,他就像一个赤裸的小孩。

凯文认识上帝,他真心地和上帝做朋友,这是一个"受过教育"的人难以体会的,上帝似乎是他最亲密的伙伴。

当我对我的信仰感到怀疑时,总是很羡慕凯文的那份单纯。我不得不承认,他对神、对上帝的理解比我更深刻。我甚至想,也许真正有障碍的不是他,而是我。

有一天,当天国的奥秘真象大白时,我们会明白上帝是多么的接近我们的心。我会了解上帝如何听一个小男孩的祷告,他相信上帝就住在他的床下。

到那时,相信凯文一点也不会感到意外。

奇异恩典

那个主角应该是我的——我的朋友没有一个不是这么说的——至少不应该是海伦,那个刚转学来的小妞。她从来不主动跟别人说话,老是低头盯着自己的脚尖。我们也从来没兴趣跟她打交道,只觉得她好像是个十分孤僻的人。她的穿着还不错,真不懂她还能有什么不如意的。她转到我们学校两个月来,可从没有穿过同样的衣服。

那还不打紧,最糟糕的是,她竟然参加了学校音乐剧的试唱,而且试的是我想争取的角色。大伙儿都知道,那个主角的位置原本非我莫属。

每次学校演歌剧总会有我的角色,而这次是我高中最后一年了。

我试唱完后,就和在外面等我的朋友们走了,压根儿没想过要留下来听海伦

试唱。两天以后,我们去看公告栏里的张贴演员录取名单,结果让我简直差点晕倒。

我在名单上一行一行地寻找,想找出我的名字,却发现了另一个名字,眼泪立即夺眶而出——主角竟然是海伦!我的角色则是她的妈妈,并且要做她的临时替角。临时替角?简直令人难以

置信。

彩排的时间实在难熬。海伦好像并没有发觉我们有意冷落她。

我必须承认,海伦的歌声的确很动听。她在台上的表现和平日判若两人,倒不是说她多么快乐,但看起来她好像比较平静祥和。

公演第一天总是匆忙紧张的。大伙儿紧张而忙碌地期待着大幕拉开——除了海伦以外。她好像在她的世界里很满足似的。

音乐剧的演出十分成功。我们的歌声融合在一起,响彻云霄。我和海伦把母女两人的故事生动地演绎出来,我们都发挥得淋漓尽致。

我演的是一位身患重病的母亲,在临终前为她的骄纵的女儿祷告。海伦则饰演女儿,在她的母亲去世时,终于明白天国其实比人世间更美好。

"奇异恩典,何等甘甜……"她的歌声在母亲的病痛之中悠然扬起,对上帝的应许发出由衷的赞美。

"我罪已得赦免……"听着海伦的歌声,有一种情愫在我的心中真实地涌动。我原先的嫉妒和厌烦顷刻间烟消云散了。

"前我失丧,今被寻回……"我感动得眼底潮湿。

"瞎眼今得看见……"我的内心无比震撼,随之转向了上帝。在那个时刻,我体会到了上帝的爱,以及他对我的期许。

海伦的声音一直在我心中回荡。幕落了——

先是一阵静默,一点声音也没有。海伦站在合拢的大幕后,低垂着头,静静地流着眼泪。

大幕拉开,突然间,掌声和叫好声如雷般响起,全体观众都

站起来致敬。

我们来到台前谢幕。我对海伦的拥抱是真诚的,我的心是向着那伟大的爱敞开。

戏演完了,戏服挂了起来,化妆擦掉了,灯光也暗了,每个人都回到自己的小团体去互相庆贺。

只除了海伦,除了我。

"海伦,你的歌声真的把我带到了神的身边。"

海伦瞪大了眼睛,吃惊得说不出话来,她的眼睛注视着我的眼睛。

"这正是我母亲临终时对我说的。"一颗眼泪从她的脸颊滑了下来。"那时,我的母亲身体很痛苦,我哼唱的《奇异恩典》总能带给她安慰。她说我应该永远记得上帝应许我一切美善,而且她的恩典也能引领我回家。"她的脸上焕发着发自内里的光芒,对母亲的爱发出的光辉。

"在母亲去世之前,她细声地告诉我:'海伦,用你的歌声把我带到神的身边吧。'那天晚上和今天晚上,我为妈妈唱了这首歌。"

那颗子弹

　　那是三月的一个傍晚,安雅坐在车里,背诵《圣经》。
　　每周的这个时候,她在等弟弟杰克上钢琴课时,总是做着同样的事——背诵《圣经》。其实,弟弟上完钢琴课就轮到她了,但是背诵《圣经》最好大声念出来,所以她宁可待在车上。她是学校初中部《圣经》测验队的一员,她必须熟记《圣经》的全部内容。安雅很喜欢《圣经》测验的比赛,所以背诵《圣经》对她倒不算苦差事。
　　钢琴老师住在一栋两层的房子里,上课的地点在楼上。这天,杰克上课之前告诉妈妈:"我要姐姐听我上钢琴课。"妈妈提醒杰克,姐姐得利用这段时间背诵《圣经》,反正在家不是每天都听到你练琴了吗?但是杰克一直坚持,他还特地跑下楼来,硬把姐姐拖上去了。妈妈很诧异杰克竟有这般能耐。
　　杰克开始上课了。五分钟以后,外面传来了一声巨响,打断了钢琴课。每个人都停下手中的活计,眼看一部最新型的汽车绝尘而去。老师告诉孩子们,大概是那部车子的引擎声太响了,没什么事的。于是,他们又继续上课。
　　杰克的手刚刚放到琴键上,钢琴老师的先生匆匆跑进来喊着说:"有人……朝着车……开枪,把……右前方的车窗玻璃打、

打、打得粉碎！"

课上不下去了。他们匆匆跑下楼去，一看，没错，在他们的车子里，就在右前方的座椅靠背上，嵌着一颗子弹，五分钟以前，安雅的头还靠在那里！

顿时，他们都明白了：神让七岁的杰克救了她姐姐的命。这是一个令人心生敬畏的奇妙时刻。杰克对姐姐的要求，看起来不管是对他或对别人都是没有什么道理的，但是安雅却接受了这个没有任何道理的要求。

那两个开枪的匪徒，开着车子，随意朝信箱、汽车、房子胡乱开枪，不久便被拘捕了，保释金高达100万美元。检查官要求安雅和杰克出庭，叙述他们的经历。后来，那两个匪徒被判了五年徒刑，可是他们也有机会知道神如何保护了七岁的小杰克和他的姐姐。

鲨鱼来了

海边还是静悄悄的,滑水队员们居住的房子里已是灯火通明,大伙忙着为即将到来的工作做准备。一群结实的小伙子吃完早餐,手脚麻利地背着各种装备,抱着滑水板往场外的客车走去。

这是一个例行的"拂晓练习"。滑水教练兼专业摄影师鲍伯催促队员们上车,这个由基督徒组成的滑水队必须在太阳升起以前到达滑水地点。麦克也在队伍里。

麦克除了滑水以外,还兼任这个团队的摄影编辑。他在滑水方面有着丰富的经验和骄人的成绩——曾获得新西兰全国冠军及美国少年组的第五名,这些经验也让他的摄影编辑工作做得游刃有余。

那一天,他们的训练地点安排在美佐海湾。这个岛屿的西面有一片白色沙滩,那里很适合滑水,尽管也有不少的暗礁。

鲍伯正在架设他的摄影器材。此时正是初秋十月,灿烂的阳光打在他们身上,很温暖也很明媚。不一会儿,队员们都换上了滑水衣,滑水板也都准备妥当了。他们开始试着滑水了,周遭的气氛变得热烈起来。

麦克和他的朋友首先滑了出去,他们把滑水板推到海浪的深

处,然后随着波浪向上推,让海的力量把他们送到浪的顶端。

十来分钟以后,麦克突然发现一个怪异的巨浪在他身后竖立起来。他本能地将顾长的身体趴在滑水板上,手脚并用拼命往前划。

这一切都发生在一瞬间,一点预兆都没有。一只四五米长的老虎鲨,从海水深处冒上来,一张嘴咬住了麦克的双脚。一阵痛疼涌来,麦克回头一瞧,一头绿棕色巨鲨浮了上来,他清醒地意识到,大鲨鱼在攻击他。

大鲨鱼又往下钻。麦克感到,伴随着强烈的痛楚,他的两脚像坠了铅块一样沉重。鲨鱼试图将他从滑水板上拖开,它摇晃着巨大的身躯,麦克像处于风洞之中,被摇得晕头转向。

我一定要摆脱这家伙!麦克回过身去,用拳头狠狠地打击鲨鱼的头,同时用力地把他的脚从鲨鱼嘴巴里往外拔。啊——他成功地拔出了一只脚,可是鲨鱼又开始剧烈地摇晃。

终于,麦克从鲨鱼嘴巴里逃脱了。他游上他的滑水板,冲着附近的一个人大喊救命。这个人并非麦克的队友,他显然目睹了整个过程,吓得口瞪口呆。等回过神来,便头也不回地朝另一个方向滑走了。

那只鲨鱼把麦克的脚从小腿以下攫走了。

幸运的是,麦克并没有慌张,他追上往岸边翻滚的浪,滑上了岸。

"鲨鱼来了!"惊恐的叫喊声传遍了整个海滩,大家争先恐后地逃往安全地带。

麦克好不容易游到了岸边,开始时他还想站起来。"那一刻我忘了我失去了一只脚。"麦克事后说,"可是我跌倒了。"

队友凯尔是第一个赶到麦克身边的。他迅速用一条滑水板上的皮带扎在麦克的伤腿上，防止大量失血。

麦克伤得非常严重。除了失去一只脚外，他另一只脚也被鲨鱼咬得伤痕累累，有一只手也布满齿痕，也许再也不能保持正常的功能了。

血还是汩汩地涌出，麦克觉得自己有些心慌的感觉。

我会怎样呢？他这样想着，开始害怕起来。这时凯尔开始为他祷告，这让麦克慢慢平静下来。

一部四轮驱动的卡车呼啸着急驶过来，这时候凯尔还在祷告。

过了一会，麦克发现自己躺在卡车的平台上，身上裹着浴巾。卡车跋涉过沙滩，往几里外的医院急驰而去。

值班医生——皮特医师正好也有滑水经验，他果断而麻利地实施各项急救措施，把麦克的伤情稳定下来，然后把他送到另一所大医院去继续治疗。

一路上，麦克都为自己鼓劲：我一定可以平安度过这场灾难的。

麦克被鲨鱼攻击的消息很快就传遍了整个岛屿，朋友们非常关心他，甚至顾不上训练和学习。医院的等待处挤满了麦克的同学、朋友和家人，整天都有人为他虔诚地祷告。

他们的祷告得到了神的回应。不只是因为麦克迅速地恢复，还因为麦克在整个过程中的平和心态。

各地的媒体都赶过来要采访麦克，他总是说自己很幸运，能够幸免一死，而且上帝会让他遭遇这件事一定有他的理由，是他所无法看透的。每一篇报道都提到了麦克谦虚而积极的态度。

巧合的是，几天后，当麦克的故事在电视台播出的那一天，他的那只被鲨鱼咬下的蛙鞋漂回了岸边。

有人问他从这场遭遇学到什么时，麦克的眼睛一亮。

"我深深地感到，我们应该对上帝抱有更多的信赖。我从来不会向上帝抱怨，为什么偏偏让我遇到这种倒霉事？我想，灾难虽然给了我痛苦和伤残，但却让我为今天感恩，也让我更能体解身处厄难的人。"

1998年1月1日，也就是两个月以后，麦克又滑水去了。

他不会让一只鲨鱼剥夺他的爱好。麦克把他的拐杖丢在沙滩上，然后夹住滑水板，用他健全的一只脚跳入海里。从那一刻开始，他又回复了以往的神气了。

如今，麦克一有机会还是会去滑水。他装上了义肢，而且继续在滑水队里做摄影编辑。他可以很轻松地谈起那次鲨鱼攻击事件，仿佛那是上帝允许的。这个时候，他的脸上常常带着富有感染力的笑容，每一个人都感受到了他内心的阳光。

奥斯维辛的圣徒

在关于奥斯维辛集中营的痛苦回忆中,至少有一点是美丽的——那是加犹尼兹回忆中的戈麦斯。

1941年2月,戈麦斯被囚禁在奥斯维辛。他是一位神父。在惨无人道的大屠杀中他依然保持着基督精神。他与别人一起分享他的面包,他让别人睡他的床,他为监管他的兵祷告,可以称他为奥斯维辛的圣徒。

那年6月,监狱里有人逃跑。奥斯维辛监狱有一个严酷的规定:如果有一个人逃跑,将会有10个人被杀。到时候,所有的囚犯都将在大操场集合,长官随意指定10个人,被指定的人将被关押在地牢里,断绝一切粮食和饮水,直到活活地饿死、渴死。

长官开始叫人了。他每喊出一个人的名字,那个人就必须马上出列。第10个被叫到的便是加犹尼兹。

当狱警核对这10个人时,其中一个人开始啜泣起来:"我还有太太,我还有孩子啊——"

队伍里一阵骚动,这引起了狱警的注意。狼狗也狂吠起来,准备开始攻击。这时,一名囚犯从队伍里走出来。

那个人是戈麦斯。他的脸上没有一丝恐惧,他的脚步也没有任何迟疑。狱警对他大吼,说他要是不站住就对他开枪了。"我

要跟司令官说几句话。"他很平静地说，这个狱警没有对他开枪。戈麦斯走到离司令官几步远的地方站住了，他脱下帽子注视着司令官。

"报告司令官，我有一个请求。"

没有人开枪，这真是一个奇迹。

"我想代替这位先生去死。"他指着那个啜泣不停的人说。

"我没有妻子也没有孩子，再说我年纪也大了，没有用了，那位先生却还年轻。"戈麦斯很清楚纳粹那一套残酷哲学。

司令官喝问："你是谁？"

"天主教教士。"

整个队伍都惊动起来，司令官停顿了一下，咆哮道："批准！"

囚犯是禁止说话的。事后加犹尼兹说："我只能用眼睛向他表示我的感谢。我简直惊讶得回不过神来，我这个该死的反而活了下来，而一个陌生人竟愿意为我献出生命，这不会是做梦吧？"

戈麦斯并没有饿死或渴死，他是被注射毒液而死的。那是1941年8月14日。

加犹尼兹在大屠杀中活了下来，他历尽千难万苦回到了家中。每一年的8月14日，他总会回到奥斯维兹，向替他而死的戈麦斯表达由衷的感恩。

加犹尼兹在他的后院里立了一块石碑，他亲手刻上了碑文，以此来纪念这个把生留给别人、把死留给自己的人。

肤色代表不了什么

"孩子啊,你们说什么来着?爷爷可得说两句。我要你们知道,白人不见得都是坏人,黑人也不见得都是好人。不要让别人的说法左右你们的思想。"

俄巴底亚对聚在客厅里的孙子们说。黄昏时,他们喜欢围坐在在客厅里,听爷爷讲故事。

他们并不认同爷爷的说法,但是爷爷继续说着。

"我入伍当兵时才23岁,因为我要效忠我的国家。军队里有一个小兵名叫巴麦克,是从德州来的。有一天我们在野外训练,那天很热,我们热得喘不过气来,不得不中途停下来稍作休整。我正在树下打盹儿呢,麦克走过来,向我要水喝。我想找出我的杯子,好倒水给他,可是麦克把我的手轻轻推开,直接拿起我的水壶就往口里灌。那时候白人和黑人是不许喝同一罐水的,麦克这样做显然是故意的,他要让我知道他是我的朋友。后来我们每一年都互寄圣诞卡,直到五年前麦克去世了,我便给他的太太写信。现在我的手抖得这么厉害,不知道他太太看不看得清楚我写的字。"

"有一天我会再和麦克相见的,因为他爱耶稣,我也爱耶稣。我的黑手要和他的白手紧紧地握在一起,不管什么都不能把

我们的手分开。"

爷爷的眼睛变得潮湿起来，他伸手拭了拭眼睛。

"爷爷，跟我们说一说经济大萧条时的事情吧。"约拿央求着。

"那些日子啊，好，我来说吧。我的哥哥以利亚和我一起到处流浪。我们在密西西比州找不到工作，只好搭火车去别处，一天到晚都在找工作。我们一般都在路旁过夜，我们总是找一些报纸盖在身上，抱在一起互相取暖，这样才不会冻僵。我爱我所有的兄弟姐妹，可是我和以利亚的感情最好，我想他也会这么说。有天，我和以利亚在底特律，那里非常冷。我们在黑暗的巷子里抱在一起正准备睡呢，忽然听到有人在呻吟，就过去看看。可怜的家伙，冻得像块板子似的。我和以利亚一人一边，把那个人撑了起来。"

"他开始很害怕，这不能怪他。"俄巴底亚说到这里笑了起来："他告诉我们，他的名字叫费迪。整个晚上他只说了这一句话：富——列——迪。"爷爷又笑了："我让他把脸埋在我的毛衣里，半个钟头以后，他的脸色看上去好多了。"

"以利亚对着他唱一些灵歌，我没有听过有谁比以利亚唱得更好。又过了一个多小时，费迪觉得舒服多了。以利亚就这样唱着歌哄孩子似地哄他睡着了。天亮时，以利亚就唱《奇异恩典》，把费迪叫醒。这时候我们才发现原来费迪是个白人。当他知道他竟和两个黑人过了一个晚上时，他的表情啊——"俄巴底亚故意卖了个关子。

"爷爷快说嘛，他怎么个反应？"

"他留下来了，我们一起生活，一起找工作，我们成了好朋友。大约有一周的时间,费迪每天都是夹在我们两个'老黑'中间睡的。"

"富——列——迪"俄巴底亚又学了一声,笑得几乎喘不过气来。"孩子们啊,最好玩的我还没有告诉你们哩。费迪问我们为什么这么爱他,还为他取暖?我们告诉他,是因为耶稣的缘故。一个星期以后我们分手了,因为他的家就在底特律,而以利亚和我呢,只能睡大街上。"

"费迪后来怎样了?"

"不知道了。我们后来再也没有看到费迪,但是我们清楚一件事,就是皮肤的颜色并不重要。当你冻得受不了的时候,或者在耶稣面前,皮肤的颜色能代表什么呢?"

并非偶然

1997年12月1日,刚开始和其他日子并没有什么两样。我和我的孪生妹妹曼迪像往常一样,约好放学后一起做功课。接着,我要复习一下驾驶手册,以便在12月24日生日那天去考执照。

曼迪和我上的都是普通高二学生上的课:世界文明史、代数、作文、英文、合唱、乐队。我们也开始去参加一个校内的晨祷会。

但是,那天上午7点45分左右,参加晨祷会的35个同学正要散会时,一个叫柯麦克的男同学大喊着冲过来。开始我和曼迪都以为麦克只是在吓唬人,接着我们听到砰砰的声音,像是枪战剧里的声音。刹那间,一个子弹从曼迪头上飞过,她知道那是真的了。随即,她整个身子扑过来,护在我的身上。

我中弹了。但是我并没有马上感觉到疼痛,好像被什么重击了一下。我完全吓呆了,不知道发生了什么事,或者不相信刚刚发生的事。事实上,直到现在我还是难以置信。

很快,一辆救护车把我送进了学校附近的主爱医院。医生告诉我,子弹穿过我的左肩,伤到了脊椎骨。我的腰部以下全麻痹了,他们告诉我,以后我再也不能用脚走路了。

在主爱医院的第一个星期,我大部分时间都昏昏沉沉。恶心、肺积水、肌肉肿胀，等到稍稍好一些时，医生便开始为我进行康复治疗。首先是让我坐起来，接着是做上肢力量运动，同时也开始坐着轮椅活动。

刚开始的时候，光是穿衣服就要花四五十分钟。这种练习实在非常困难，把我弄得不是筋疲力尽就是头昏脑胀。

到了2月，我住进了260英里以外的卡蒂诺康复中心，继续治疗。爸爸、妈妈、姐姐克丽和妹妹曼迪，全家人都和我一起去，他们租了一间公寓住在那里。我每天都要接受物理治疗，包括各种有氧运动，其中一项是手踏车。就像脚踏车一样，只是我得用手来"踏"，藉此锻炼手臂的力量。

另外一项是生活能力的锻炼，学习怎样从轮椅移到浴缸，还有怎样穿鞋子。

我最喜欢的是娱乐治疗，因为这时候我可以打篮球、丢飞盘，还有游泳。我每天都得站立半个小时，曼迪总是陪我打发这段无聊的时间。

感谢神，我可以在高中二年级结束前回到学校。我每天还是要做物理治疗，即使是在学校里也要做。每天上午11点就有物理治疗师到学校来，帮助我运动下肢。因为长时间坐在轮椅上会使得双腿肌肉萎缩。

能够回到学校让我非常开心，因为每个人都待我像以往一样，让我觉得轮椅好像不存在似的。坐轮椅实在比我所想象的要艰难得多，很多地方轮椅去不了，以前很容易的事现在变得困难重重，这是我以前从来没有想过的。

我想过麦克，我还是不明白他为什么要在学校里开枪。曼迪和我都认识他，我们同在一个乐队里，出去表演时也常常一起搭校车。我们曾经一起有说有笑。我们也有很多共同的朋友。在我们学校里同学们彼此都认识，没有人想到麦克竟会做出这种事。

麦克那一天夺走了许多人的宝贵的东西，但是我还是认为，如果我们恨他，那只是一种情绪的浪费。我也不能论断他，或是决定他应该受到什么处分。何况即使我恨他，也不能让我重新用脚走路，或是让那几个同学——凯丝、洁西、妮可再活过来。我们到现在还是无法相信她们已经死了。

三位被枪杀的同学中，凯丝是我最熟悉的一个。每天我都想着她以及我们共度的快乐时光，我们曾经一起参加派对，我们属于同一个乐队，我们有很多共同的朋友。我知道她们三个现在都在天堂，但我还是很想念凯丝。没有一件事的发生是没有理由的，即使是我们所遭遇的这件事。上帝一定会让这件事慢慢平息，我相信。

我真的很为麦克难过。我可以继续好好地活下去，有那么多好朋友在鼓励我、支持我。我一点都不生他的气，我可以原谅他，我不能让我的心积满怨恨。

不少人告诉我，我的态度对他们有很大的启发。这是我非常高兴的。

第五堂课

高中时有一年,我怕极了上第五堂课。那堂课的老师十分古板,而我的几个好朋友又都不在这个班上,这让我感到有些无助。坐在我后面的那个男生简直坏透了,他块头很大,大约有1.9米高,留着长长的头发,成天跋着一双嬉皮士式的拖鞋,笑声惊天动地。这个麦克总是喜欢捣乱,我真的很讨厌他。

那时,我已是一个基督徒。我的个性比较拘谨,学校的舞会我是从不参加的。相反地,这个麦克则是赶场大王。每个星期一,他总是大声地宣告他在周末参加了哪些舞会,然后放肆地大笑。每次听到他刺耳的声笑,我总是胀红着脸走开,我很反感他的笑声。

那个学期中的一天,我开始带《圣经》到学校。那是一本名叫"给现代人的福音"的平装《圣经》,我小心翼翼地用一张粉红花色的包装纸把它包起来。有一小群基督徒同学决定午餐时聚在一起,我带这本《圣经》去和同学们一起诵读。后来,同学们把我们这群基督徒叫做"耶稣怪人",这多少让我们感到不可思议。

"你们那些耶稣怪人有没有为我们祷告呀?"有一天,我吃过午餐走进教室,麦克故意轻佻地问道。

我没有回答。但他不在乎,因为他已经赢得周围一大群同学的哄笑了。我坐在自己的座位上,心中期待着老师赶快开始上课。

"这是什么呀?"麦克一把抢过我小心包裹的《圣经》,随手翻了起来。我想夺回《圣经》,可是他机警地把《圣经》高高举过头顶,继续随意地翻着,然后装作很兴奋的样子,说:"哇,好漂亮的粉红《圣经》呀!看,还有好可爱的插图喔!"他把打开的《圣经》展示给周围的同学看,他们又是一阵嘲讽。

我觉得委屈极了,一把抢过《圣经》,说了一句最不应该说的话:"你们为什么不得救,不再捉弄别人呢?"

自然,我这一说又引起了他们一阵爆笑。这阵骚动引起了老师的注意,他大声地叫我们安静下来。

我努力把睫边的眼泪眨了回去,将这本珍爱的《圣经》小心地放在膝上,一直到下课。

第二天,我在要不要带《圣经》这个问题上犹豫了好一阵。我知道麦克一定又会拿《圣经》来捉弄我的。但不知为什么,我还是把《圣经》带在身边了。午餐聚会时,我要一起聚会的基督徒同学为我祷告,也为麦克祷告。朋友们都安慰我、鼓励我,还教我怎样用聪明的方式来应付麦克。

我调整好心情踏进第五堂课的教室,我祈求上帝让我能勇敢地为他作见证。不出我所料,我还没在位子上坐下,麦克已经把《圣经》抢了过去。

"咱们来看看今天的属灵功课是什么,"他随便翻开一页,装腔作势地读了几句经文。这几句经文没有前后文的衔接,单独读起来并没有什么意思,甚至听起来有点好笑。在他那一群狐群狗党的哄笑声中，他又翻开另一页，学着牧师讲道的声调，戏剧性地念了起来。

我刚刚从朋友那里学到的应对方法全都离我而去了。我呆坐在那里，心里难过极了——我怎么会让所爱的主受到这般嘲弄呢？麦克又随便念了一句，周遭的同学又是一阵怪笑。我眨了一下眼睛，眼泪终于不争气地顺着两颊流了下来。事情怎么会这样呢？我一点都不知道该说什么。我一动也不动地坐着，我知道那时人家是怎么看我的——一个哑口无言的大笨蛋。

麦克在翻开另一页前，瞥了我一眼。就在那一瞬间，他的表情变了，他没有继续读下去，反而把《圣经》合上，对他的朋友宣布说："今天的属灵功课到此为止。"他把《圣经》放在我的面前。我低下头去，偷偷擦掉眼泪。

多年后的一天，我接到高中毕业10年同学会的通知。我告诉丈夫说，我没有多大兴趣去参加。我高中时的朋友不多，也没有参加什么社团，更没有跟任何人约过会。可是丈夫说，我们已经错过他高中毕业10年的同学会，这次不妨一起去参加。就这样，我们去了。

同学会的那个晚上，我和丈夫乘坐旅馆里的电梯，来到举办同学会的会场，一路上多少有些忐忑。电梯的门开了，电梯口站着一个高大英俊的男士，穿着一套高雅的西服，挽着一个漂亮的金发女郎。

"若彬！"那位男士喊着我的名字，同时把手搭在我肩上，热情地说："我一直盼着今晚你能来。"说完转头对他的女伴说："她就是我常提到的那一位。"

我丈夫低声对我说："你不是说你高中时没有男朋友吗？"

我也轻轻地回答他:"真的没有啊,我根本不知道他是谁!"

"你大概不记得我了吧?"那个男士对我说:"可是我记得你,而且也接受了你的忠告。"

我看了这个男士一眼,又看看我的丈夫,再看看这位男士的女伴。他的女伴恍然大悟地说:"哦,她是不是就是那个要你们得救,不再捉弄别人的女孩?"

这位男士用一串洪亮的笑声回答她,我突然明白了——他就是麦克。彼此寒暄一阵后,麦克告诉我,他后来如何终于成了基督徒:"当我坠入人生谷底的时候,我想起你,还有学校里的那些'耶稣怪人'。于是,我在大学校园里寻找基督徒,他们把我带到了主的面前。"

那些记忆突然都涌到了眼前,我很窘迫地说:"我说那话实在是很不成熟,当时我认为那对你并没有意义。"

麦克又笑了——现在我不再反感这笑声,反倒觉得亲切了。他轻轻地摇摇头:"倒不是你说的什么话,而是流下来的眼泪。那是我从来没看过的一幕——一个女孩为她对上帝的爱而哭。我记得你的眼泪,那让我领悟到你必然是非常非常地爱上帝。"

本书故事原作者说明

本书小故事的作者,按照出现在本书中的顺序,随篇名一起列出。在此,向作者表示深切谢意。

《爱的牺牲》:Kathi Kingma
《爱与时髦》:Pstsy G. Lovell
《给爱女的情书》:Judith Hayes
《情人节的惊喜》:Robin Jones Gunn
《新手上路》:Clark Cothern
《爸爸带你坐车车》:Bob Greene
《回家吧》:Max Lucado
《另一种眼泪》:Sundi Arrants
《因为》:Adria Dobkin
《父亲的祝福》:Morgan Cryar
《超越不幸》:Valeen Schnurr口述;Janna L. Graber整理
《母亲的爱》:David Giannelli
《真正的得胜者》:Amanda Cornwall
《12张5元钞票》:Jeff Leeland & Tracy Sumner
《为了姐姐》:David C. Needham
《无与伦比的生命力》:Joe White
《难忘的圣诞礼物》:Linda Demers Hummel
《讲故事的人》:佚名
《总有灿烂的笑容》:Ann Tait

《雨后阳光》：Sarah Wood
《安妮姐姐》：Samantha Ecker
《绿眼怪兽》：Teresa Cleary
《滑坡比赛》：Shaun Swartz
《钻石般的友谊》：Irene Sola'nge McCalphin
《友善的对手》：Bruce Nash & Allan Zullo
《没什么大不了的》：Julie Berens
《最佳旅伴》：Elesha Hodge
《辛辛那堤》：Holly Melzer
《友谊树》：Harrison Kelly
《国王的礼物》：佚名
《上帝会眷顾你的孩子》：Nancy Sullivan Geng
《学生的恳求》：Melissa Ann Broeckelman
《他为我种下希望》：Guy Rice Doud
《捕捉彩虹》：De'Lara Khalili
《奶奶的花园》：Lynnette Curtis
《小城温情》：Marvin J. Wolf
《拾起碎片》：Jennifer Leigh Youngs
《另一种胜利》：Sharon Jaynes
《爸爸的红色卡车》：Bob Carlisle
《严厉的老师》：Renie Parsons
《篮筐下的爱》：Chris A. Wolff
《苏斯博士》：Dan Owen
《一条蓝绶带》：佚名
《热舞到黎明》：Guy Rice Doud
《陌生人的爱》：Robin Jones Gunn
《驾驶课》：Charles Swindoll
《梦中舞伴》：Larry Anderson
《奇妙的时刻》：Rhonda Marcks
《球场上的新生》：佚名
《活着》：Emily Campagna

《烛光亲情》：Susan Manegold
《一条新裙子》：Cynthia Hamond
《撒个小谎》：Meredith Proost
《绝不妥协》：Steve Farrar
《我们应该学会说'不'》：Christy Simon
《打个电话给我》：Cynthia Hamond
《垃圾小孩》：Philip Gulley
《最好的消息》：佚名
《出局》：Clark Cothern
《防笨措施》：Alan Cliburn
《工具箱》：Joshua Harris
《兜风》：Suzy Ryan
《雪娜哭了》：Cheryl L. Costello-Forshey
《小霸王》：Mike Buetelle
《当头棒喝》：Bob Welch
《良性循环》：Janna L. Graber
《福兮祸兮》：Max Lucado
《开学日》：Gloria Gaither
《爸爸》：佚名
《记号》：Alice Gray
《习惯》：佚名
《抉择》：Sara Ann Zinn
《最好的朋友》：Alicia M. Boxler
《凯文的世界》：Kelly Adkins
《奇异恩典》：Cynthia Hamond
《那颗子弹》：Doris Sanford
《鲨鱼来了》：Rick Bundschuh
《奥斯维辛的圣徒》：Patricia Treece 著；Max Lucado 改写
《肤色代表不了什么》：Randy Alcorn
《并非偶然》：Missy Jenkins
《第五堂课》：Robin Jones Cunn